季節を告げる毳毳《けばけば》は夜が知った毛毛毛毛《もけもけ》

藤田貴大

河出書房新社

コアラの袋詰め

コアラ警報が発令されて、首都圏にもコアラが直撃だってことで。きょうという日は降ってくるコアラに警戒しなくてはいけないし。コアラがぼくのアタマに落下してきたならば、首の骨なんて簡単に折れてしまうだろう。

「まったく大変なことだよ」
「そうね、大変よね」
「こんな時代になるとはね」
「そうね、だってコアラだもんね」

朝だった。コアラのことで日本は騒然としているらしい。コーヒーを飲みながら、ぼくは彼女と話していた。

「でもコアラってどの程度、恐いのだろうか」
「握力が強いらしいよね」
「ああ、へぇ」
「それと意外と足も速いらしいよ」

なかなかコアラについて詳しい彼女に感心しながら、爪を噛《か》んでいた。

「いやでも、ぼくは陸上部だったしさあ」
「ああ、短距離だっけ」
「だからたとえコアラに追われたって、ぼくならだいじょうぶだよ」
「あんまりみくびらないほうがいいよ、コアラ」

彼女はすこし、たぶんふつうの女性よりも毛深い。いや、すくなくともいままでぼくが出会ってきた女性のなかではいちばん毛深い。背中の毛もなかなかなもので。肩甲骨《けんこうこつ》のあいだの中心に向かって、渦巻くように。産毛《うぶげ》よりもすこし濃い毛がびっしりと生えている。ぼくは、そんな彼女の背中の毛を。さわさわと、頬《ほお》ずりするのがたまらなく好きだった。

§

コアラを袋詰めにして、それをずるずる引きずって。歩いているひとたちがいると聞いて、渋谷《しぶや》に繰り出してみるとやっぱりいた。コアラを袋詰めにして歩いているひとたちが。そっか、やっぱりコアラって捕獲しなくちゃいけないのか。捕獲しないと、こっちがやられてしまうからなあ。

「コアラは熊だとおもったほうがいいよ」
「え、コアラはコアラ科ですよ」
「いや、コアラは熊ってことで扱わないと」
「いやいや、でも、コアラはコアラですよ」

渋谷の至るところでコアラのはなしが繰り広げられていた。時折、「ぱんっ」って音がする。コアラが降ってきて、地面に落下する音だろう。アスファルトに打ちつけられたコアラは弱っている。運よく、樹上に落下してしがみついているコアラもいる。しかし渋谷にユーカリはない。コアラたちは渋谷なんかに降り立って、なにを食べるのだろうか。コアラが降ってくる時代がくるなんて。ちいさいころは、想像もしていなかった。いや、それはぼくだけじゃない。日本中の誰もが。コアラが降ってくるなんてことを想像もしていなかっただろう。しかし想像もしていなかった意外な出来事は、案外、容易に起こってしまうものだ。ってこともわかっている。コアラが降ってくる、なんてことよりも驚くべき出来事が。いままでにだって、あった。それは日本中の誰もが知っていて経験しているような気がするし。


「コアラってクラミジアに感染しやすいらしいぜ」

「え、それってあのクラミジアですか」

「そうそう、あのクラミジアだってよ」

「それって、ひとにも感染するの？　じゃあ、殺さなきゃじゃん、やっぱり」


うすうすわかってはいたけど、コアラを袋詰めにして歩いているひとたちは、袋詰めにしたコアラを。やっぱりそのままハンマーで殴《なぐ》ったり。地面に叩きつけたりして、殺していた。死ぬ間際に子どものような声で鳴く、コアラ。それがなんともかなしかった。なかには、まだちいさい子どものコアラをおんぶしているコアラもいた。それを引き離して、容赦《ようしゃ》なく袋詰めにする人間たち。ここはどこだろう。ほんとうに、渋谷なのか。日本なのか。しかし、有り得るのだ。すべてのことは、有り得てしまう。どこまでだって、残酷に。有り得てしまう。コアラたちが殺される。たしかに、危ない。コアラを野放しにするのは。でも、殺さなくたっていいじゃないか。なんてこともおもうけれど。たとえば、ぼくに子どもがいたとしたならば、やっぱり子どもがコアラに襲われるのは危ないから。だとしたら、ぼくもコアラを殺すかもしれない。殺すだろう。しかしやっぱりこれは残酷だ。コアラを殺すのは見ていられない。なんてことだ。ぼくはその、いま渋谷で行われているすべての出来事を見て見ぬふりして。傘を差したって、降ってくるコアラを防ぐことができないし。家に帰ることにした。

§

家に帰ると、彼女がいた。

「あれ、出勤したんじゃなかったっけ」

「ううん、出勤できなかった、きょうは」

「ああ、そう」
「渋谷、どうだった？」
「すごかったよ、コアラがやっぱり。たくさん降ってきていたよ」
「ああ、そう」

ぼくは、不安でしょうがなかった。あの渋谷での光景は、まるで夢みたいだったし。あれが現実だってことを、まだぜんぜん受け入れることができていないのかもしれない。もっと割り切って、自分たち人間は。コアラの被害者であるとおもいたい。でもどうしてだろう、そうやってまだ。割り切ることができないのだ。不安からか、彼女の肩に触れてみる。

彼女が振り向く――――

彼女の顔は。灰色の毛でおおわれていて。まるでコアラみたいな。そんなかんじだった。

目次

写真　井上佐由紀
装幀　名久井直子
協力　きりみ
小春
シュー
せん
たま
どんこ
にぼし

季節を告げる
毳《けば》毳《けば》は
夜が知った
毛《も》毛《け》毛《も》毛《け》

夏毛におおわれた

アスファルトに溶けこんでいく硝子《ガラス》の破片を、時間をかけて見つめていた、夏だった。町では至るところでサイレンが鳴っている、こんなに暑いというのに。なにかとおもえば、どうやら数日前から噂《うわさ》されていたあのことが現実になったらしい。悲鳴のようなのも聞こえてくるし、たぶんそうなんだとおもう。硝子は空から降ってきた。いやただしくは、あのビルの何階かわからないけれど、窓硝子が割れて、きっとそれだろう。ぼくは横断歩道を渡ろうとしていた。目のまえに、サクッと降ってきたのだった。もう一歩、先を歩いていたなら危なかっただろう。頭か、もしくは腕のあたりをサクッとやられていただろう。こんなことがあってしまったから、もう完全に会社へ行く気が失せてしまった。なのでガードレールに座って、その破片を見つめている。眺《なが》めている。朝だった。案の定、耳がただれてきているのをかんじる。やっぱりほんとうだったんだ、あの噂は。

§

昨夜は、彼女とセックスをしていた。なんというか、セックスというのかどうかわからないセックスだった。彼女の背中にはひとつだけ、虫に食われたようなちいさな赤い痕《あと》があった。痒《かゆ》そうなのだけれど、彼女にはこれが見えていないだろうから、これを伝えてしまったら痒さも増すだろうし、言わなくていいやとおもった。その背中の一点のみを見つめながら、そんなことをかんがえながら、セックスをしていた。


「や、あのさ、あの噂って信じる？」

「ああ」

「わたし、信じれなくて」

「まあね」

「だって、そんなことあり得てしまったら、もうおしまいだとおもうよ」

「だろうね」

「ぜったい、それはないとおもう」


シャワーを浴びにいく彼女の背中には、やはりあのちいさな赤い痕。ただの蚊に刺されたような、そんな痕なのだけれど、それはやはり痒そうで、彼女はすこしだけそのあたりを掻《か》きながら、浴室へ向かった。そういえば、ちいさいころから、ああいう痒そうな痕を見るとおもうことがあって、それは「美味《おい》しそうだな」ってことだった。自分のもそうだった。誰かが（というか、虫なのだろうけれど）、美味しいとおもったから、刺して吸って、あるいは齧《かじ》ったのだろうから、そこが美味しく見えてしまう。なので、虫刺されの赤色を見つけると、それを吸うという癖《くせ》があって、それを何度も母親に注意された記憶がある。誰かが味わったものを味わってみたくなる、という本能が自分のなかにはあるような気がする。彼女にも、いつかお願いしてみたい。そこを吸っていいかどうか。


「わたし、こんな時代に生まれなければどんなによかったとおもう」

「そうかんがえるんだね」

「それと、さいきんもうこんな町にいなくてもいいともかんがえる」

「え、どうするの、そしたら」

「やー、田舎とかに戻ったりとかさあ。もっと選択肢はあるはずで」


ミートソースがかかったスパゲティを食べながら、彼女はそんなことを言った。彼女は、そういうかんじだった。ニュースなどで流れてくるなにか些細《ささい》なことでも、けっこう敏感に聞いてしまったり、見てしまって、時代とか町とかを引き合いに出して、目を背けたくなるのか、田舎へ帰りたいとか言い出す。ほんとうはそんな気もないのだろうけれど、そのとき湧いてきた感情のことをそう言うしかないような表情で、そう言う。

口角には、オレンジ色がうっすら。なにもかも、彼女らしいとおもう。

「じゃあさあ、夏だし。ひさしぶりに、君の実家にでも行ってみようか」

ぼくがそう言うと、彼女は微笑《ほほえ》んで、しかし何も言わずに寝室へ消えた。これが昨夜のこと。

§

アスファルトに溶けこんでいく硝子の破片、サイレンの音。ドサッ。ドサッ。と聞こえてくるのは、そうか。ビルというビルからひとが飛び降りている。ぼくはやっと、落っこちてきた硝子の破片から視線を離して、あたりを見渡してみる。ひとびとはビルのうえから飛び降りて、アスファルトにぶつかって、つぎつぎと肉の塊となって、湯気をあげながら地面に溶けていく。しかし驚きもしない。だってほんとうだったんだ、あの噂は。

数日前から噂されていたのは、ある男の声を聞いてしまうと、耳がただれてしまって、ついにはからだも溶けてしまう、という。直接聞かなくても、電波に乗せて聞こえてくるのを聞いてしまっても、そうなってしまうという。わけがわからない、嘘《うそ》みたいな噂だった。しかし、ほんとうだった。そうならないひともいるらしい。それは、その男に賛成しているひとはそうならないらしかった。反対しているひとは、そうなってしまう。その男は、それを見分けることができるらしいのだ。賛成か、反対か。そんなアメコミの悪役の能力みたいなおそろしいことってあるのかとおもっていたけれど、実際にぼくも、耳がただれてきているのをかんじる。からだが、焼けるように熱い。暑い？　夏だからってだけじゃないっぽい。

§

おそらく、さいごの力を振り絞って。こんな日だから会社に行くのはやめにしたし。住んでいるマンションに戻って死のうとおもった。彼女はぼくよりも出社が遅いから、まだ部屋のなかにいるだろう。

扉を開けると。そう、これももう想像はしていたし、驚かない。これはきっと彼女だろう。彼女は廊下《ろうか》でドロドロに溶け切っていた。まるでミートソースみたいに。背中の、虫に食われたようなちいさな赤い痕が、こうしてからだじゅうに拡がって、溶けてしまったのかもしれない。誰かが味わったものを味わうように、いつか吸ってみたかった。

これも彼女らしいというのだろうか。ぼくは、彼女のうえに横になって。天井を見上げる。自分も、徐々に溶けていくのをかんじる。クーラー、つけっぱなしだよ。いや、そりゃそうか。涼しいね。気持ちがいいよ。目を閉じる。こんなにも暗かったんだっけ、世界は。

§

「90年代とかって流行《はや》ってるんでしょ、いま」
「そうらしいね、ほんとかよっておもうけど」
「ほんとうらしいよ、もうだって昔話でしょ」
「でもスケボーは買ったほうがいいよ、いま」
「え、なんで」
「だって、必需品になっていくよ」
「ああ、そういうことか」
「歩きたくないもん、だって」
「あのことがあったからでしょー、びっくりだよねー」
「道路を掃除するのに、何年かかかるってはなしだよ」
「でも日本だからさあ、けっきょくはやいとおもうよ」
「ああでもなんか、すげースケボー出るらしいっすよ」
「誰」

「ああぼくっすか、や、さっき、一個前の駅から乗ったんですけど」

「誰」

「いまから、そのスケボー買いに行こうとおもってるんすけど」

「マジ」

「行きません？　いいとこ知ってるんすよね」

「だったらわたし行こうかな、や、ちょうどおもってて」

「は」

「スケボーほしいとおもってて、や、ちょうどいいっす」

「ならよかった」

「じゃあわたし、つぎだからさ。ふたりは、スケボーね」

「はーい」

§

お昼休憩のまえだっていうのに、カフェに来ている。しかもこんなに暑いのに、カフェテラスへ案内された。飲みものは、アイスコーヒー。ミルクだけいれる。ミルクだけでいいです、って言うのはめんどうくさいから、ガムシロップは必要ないのだけれど。ほんとうはミルクはふたつがいい。けれども、それを言うのもめんどうくさい。ほんとうはストローで飲みたくない気分でも、ストローで飲んでいるのは、なんとなくストローをつかわないのはよくない気がするからだった。ストローって実家にはなかったから、貴重なものかとおもっていた。ストローをはじめて見たのって、いつ、どこでだろう。わたしが生まれた町は、というか村は、子どもも数えるくらいしかいなかったから、給食というものがなかった。みんな、水筒を持って学校に行っていた。でもたしか、ストローを見たのはそれくらいのころで、漫画とかアニメとか、まあテレビとかで観たことのあるものだったから、つまりストローって東京にあるものだったようにおもう。いやでもたしか、同じクラスの子のうちに遊びに行ったときだったとおもう(同じクラスといってもひとクラスしかなかったけれど)。その子のうちではポテトチップスとかポッキーが出たし、コーラが出たのだった。コーラをストローで飲んだ。あれが、さいしょかもしれない。こうやって折れ曲がるんだと、驚いた。そして、ストローって洗ってもう一度つかうんだとおもって、かなり慎重に口をつけたのを憶《おぼ》えている。お昼休憩のまえだった、こんなに暑いのにカフェテラス。となりの席のおっさんがわたしは嫌でしょうがない。あ、えっと、うーんと、ここじゃなくて、会社の。となりの席のおっさんがわたしは嫌なのだ。もう、ずっとこっちを見ているような気がするし。すこし顔をこちらへ向けただけなのだろうけれど、それだって気になってしょうがない。だから、さいきんはお昼休憩のまえなのに、一足早く外へ出てきてしまう。アイスコーヒーが出てきた（店員さんがなにか言っていたが、なにを言ったのかあんまり聞こえなかった）。これで誰ともやりとりしなくて済むだろうから、ミルクをいれたら、耳にイヤホンを差し込もうとおもう。

イヤホンを差し込む。流れてきたのは、いかにも夏らしい曲だった。うーん、あの夏とあの夏を思い出す。この夏のことも思い出す曲になってしまうのはどうなんだろう。うーん、ならないようにあんまり聴かないようにしよう。それとさっきから、遠くから聞こえてくるような気がする、この鈍い音ってなんの音だろう。

ドサッ。ドサッ。

§

音が静かな扇風機《せんぷうき》を、今年は買ってみた。買うときに店員さんに言われたことなのだけれど、扇風機ってたしかにそんなに買い替えない。おそらく、人生でおおくても二、三回くらいかもしれない。実家にあったのなんていつの時代に買ったかわからないくらい、むかしの型だとおもう。クーラーの風がダメになってきたのは数年前くらいからだった。なのでここ数年、扇風機がいつかほしいなあ、とおもっていた。そして手に入れた静かな扇風機。ほんとうに音がしない。けっこう強風にしても音がしない。プロペラの数が多いらしい、ふつうのに比べて。それとうちには猫がいるから、猫が勝手につけちゃうといけないので、リモコン式のを買った。扇風機を進化させていくひとが世の中にはいるのですなあ、なんてこないだ母親と電話で話した。


「でも、ふうちゃん、東京は大変ね。いろいろあるんでしょ、さいきんも」

「うん、そうらしいね」

「そうらしいね、って他人事《ひとごと》みたいに」

「だってわたしは、なんともないもん」

「だったらいいけど。へんなことはおもわないようにね」

「へんなことってなに」

「ただ身を任せればいいの、誰かが決めてくれるんだから」

「なんだそれ」

「パパとも話しているのよ、ふうちゃんが心配だって」

「だって生きてるんだからさあ、心配しないでいいし」

「そうだけど」

「買った扇風機が、快適すぎて、それだけでしあわせだよ、わたしは」

「はあ、バカみたいでいいね、ふうちゃんは」

「どういう意味」

「ずっとそのままでいてね、ママはふうちゃんのことだけが心配」

そういや、わたしが生きているのはなんでだろう。わたしもあの男が大っ嫌いだ。なのに生きているのはなんでだろう。いくつか理由はあるような気がしている。わたしの部屋にはテレビがない。ラジオもない。だから、ネットで流れてくる情報以外は、つまり音として情報を耳に仕入れたことはない。それと、あの日、わたしはシャワーを浴びていた。街宣カーみたいなのが大きな音量を流しながら、わたしが住むこのへんにも回ったらしいけれど、そのときわたしはシャワーを浴びていたのだった。わたしの部屋にはシャワールームがついているだけで、浴槽《よくそう》がなく、立ってお湯を浴びるスタイルなので、浴びはじめたら浴びつづけるしかない。それらが聞こえなかった理由だとしても、わたしはなんで死ななかったのだろうか。あの男の声を聞いたことがないわけではない。

「みーちん、行ってくるね」

みーちんとは、猫のみーちんだ。一年くらいまえにアパートの向かい側にある小学校に捨てられていた子猫の一匹をもらってきた。もともとペット不可のアパートだったけど、大家さんもそのなかの一匹をもらうということで、特別にわたしももらっていいことになった。なので、わたしはみーちんとふたり暮らし。白猫のみーちんは、目の縁が赤くて、それがかわいい。みーちんには、いってきますと、ただいまは言うけれど、おかえりとは言えないのがすこしさみしい。みーちんはベランダにすこし出たことがあったけれど、外へは出ようともしない。よっぽど、捨てられてからの数日間がこわかったのだろう。そのことをおもうと、涙が出てくる。この世界なんて、あの男が現れるもっとまえから、そもそもクソだったのだとおもう。みーちんたちを小学校へ捨てるなんて、どうかしている。

外へ出て、駅へ向かっている。道の至るところに、まだまだ赤い斑痕《はんこん》が残っていて、もう慣れたけれど、避けて歩くのがめんどくさい。これがひとだったってことも、もう忘れたい。まあ、いつかは忘れるのだろうけれど。きょう、わたしはスケートボードを買いに行こうとおもっている。それとは関係なしに、わたしになにかはなしがあるという大学時代の友だちと、駅で待ち合わせをしている。

「おはよう。待った？　ごめんね」

きりえちゃんは、大学時代の友だち。わたしは彼女のこと、好きでも嫌いでもないけれど、ちょうどいいとおもうことが多いので、卒業してからもそれなりに頻繁《ひんぱん》に会っている。


「ううん、急に連絡してごめんね」

「なに、なんかあったー？」

「なんにもないんだけど、なんとなく」

「なんにもないのかよ」

「やー、でもそういうときってあるでしょー？」


きりえちゃんはなんかわからないけれど、そういうときがある。わたしにはないことが、彼女にはある。だってわざわざわたしの最寄り駅まで来てくれて、待ち合わせしたのだ。なんにもないのに、できることじゃない。でも、ほんとうになんにもないみたいなかんじなのだ。会いたかったとか、そういう漠然としたことが動機になってしまうのがきりえちゃんだ。わたしにはない。会いたいとか、そういうことだけが理由で、ひとに会いに行ったこととかない。会いたい、って感情がないわけではない。でも会いたいだけでは会いに行けない。飲みたいとか、食べたいとか。セックスしたいとか。そういうのがなくちゃ、会えないし話せない。わたしはわたしのことをよく理解しているとおもう。きりえちゃんは自分のこと、どう理解できているんだろう。

というわけで、わたしたちはたいしたはなしもせずに、電車に乗り込んだのだった。

「90年代とかって流行ってるんでしょ、いま」

「そうらしいね、ほんとかよっておもうけど」

「ほんとうらしいよ、もうだって昔話でしょ」

「でもスケボーは買ったほうがいいよ、いま」

「え、なんで」

§

丘の斜面があんなにもひかりを照り返して輝いているのはどこかのだれかになにかを送るためだとおもいたいけれどどうやらそうではないこともいい加減わかっているのだよ

§

いつだって、水際にいることを想像してしまうのは、いまが夏だからってだけじゃない。たぶんそもそも、どこにいたって、そばに水があるような気がしてしまうのは、やっぱり18まで過ごしていた町が、どこにいたって水にちかくて、それを意識せざるを得ないから。だからなんだとおもう。あの町には、海も川も、湖だってあった。なのでいつだって、どこにいたって、水際だった。もしかしたら、立っているここだって、じつは水に浸っていたことがあるかもしれない。かつて、水中だった町のなかをひとびとは歩いている。東京は、意外と水に近い。地図を見ると、そんなことすぐにわかることだし、見なくても川はたくさんあるし。すなわち、それらは海までつながっているわけだし。そうそう、上京しておもったのは、東京って魚を食べれるんだってことだった。いや、金を出したら食べれるのはそりゃそうで、わかっていたけれど、こんなになんかふつうに、食べれるんだっておもった。東京って、もうぜんぶ不味《まず》いんだとおもっていた（ぼくなんかが食べることができるものは）。で、どうしてじゃあ、魚を食べれるのかっていうのは、流通がよいとかそれだけじゃないような気もして。つまり、東京も水際なんだとおもえたことは、すこしうれしかったような気がする。

「東京も水際」

「うん、そうおもうんだよ」

「そうかんがえるとなんか不思議だね」

「そう、不思議なんだけど」

「うん、すこしうれしいかも。そうかんがえると」

「なんでうれしいんだろう」

「どうしてだろう。でもすこしだけ、やわらかなかんじになったのかもしれない」


ぼくのはなしを聞きながら、彼女はそんなことを言った。やわらかなかんじ。わかるようでわからないけれど、なんか納得した部分もあった。彼女は数年前から、全身、毛でおおわれていた。こないだ、夏毛に生え替わったばかりだから、夏だというのになんだか涼しげで。それでいて、うつくしかった。

§

ふうこちゃんとは、けっきょくあんまり話せなかった。きょうは話したいことがあった。けれども、電車のなかで、たぶんわたしたちよりももっと若いような男性が現れて、彼とふうこちゃんはスケートボード買いにいっしょに電車を降りてしまった。

ふうこちゃんと出会ったのは18のころ。大学のオリエンテーションでだった。わたしもふうこちゃんも地方出身。意気投合して、そのつぎの日にはマクドナルドに行ったり、さらにまたつぎの日には健康診断のあと、コンビニで缶チューハイを買って、そこの駐車場で乾杯して、飲んだりした。

「上京したってかんじするわー」

とか、ふうこちゃんは言っていた。なんていうか、あのとき、とてもたのしかった。わたしは高校のとき、お酒を飲んだことなんかなかったから、ふうこちゃんと飲んだその缶チューハイがはじめてのお酒だった。空がオレンジ色に染まって。

「東京も夕暮れとかあるんだね」

とか、ふうこちゃんは言っていた。そりゃあるでしょ、としかおもわないんだけど、ふうこちゃんの横顔はとても真面目なかんじだったから、なんにも言えなかった。

それから四年間、かならずしもわたしたちはずっと絶えまなく仲がよかったわけではないにせよ、定期的に飲んでいたし、わたしはふうこちゃんがストレスだったことは一度もない。ふうこちゃんがわたしにたいしてどうだったかは、わからない。たとえば、ふうこちゃんは大学に入学して間もなく、アルバイトをはじめた。しかもふたつくらいかけ持ちしていた。わたしはといえば、実家からの仕送りがあったので四年間、それで過ごした。そのことをいつだったか、酔ったふうこちゃんに言われたことがあった。

「やー、きりえもバイトしたほうがいいよ」
「え、なんで」
「やー、バイトしないと見えないものってあるよ」
「そうなんだ」
「や、困ってないんだろうけど、お金に」
「そんなことないけど」
「でも、経験としてやったほうがいいよ」

知らねーよ、とおもった。でもそれも、ストレスだったわけではない。ふうこちゃんというひとをかんがえたときに、そういうことを言うのはとても自然なことのようにもおもったし。そのとおりだな、とおもった部分もあったから、イラッとはきたけど、ストレスではなかった。お金に困っていないわけではなかった。アルバイトをしているふうこちゃんよりもおそらく、切りつめて生活していたとおもう（飲み会に出なかったり、CDとか買わなかったり）。ただ、わたしは喘息《ぜんそく》もちだったりして、両親に心配をかけることが多かったから、アルバイトはしないようにしていた。

まあ、そんなむかしのはなしはよくて、きょうはふうこちゃんに話したいことがあった。わたし、きょうとかあしたに死ぬかもってはなしだった。わたしには彼氏がいた。付き合っているひとがいる、というはなしをふうこちゃんにしたことはない。だから言い出しにくかったのもある。お互い、バカなはなしはいくらだってするのだけれど、そういうはなしはしたことがなかった（それだってバカなはなしなのかもしれないが）。だから、ふうこちゃんはわたしに彼氏がいるだなんて知るわけがないし、しかもその彼氏がこないだの、あの日。死んでしまっただなんて。説明することが多すぎる。だけれど、なぜだか、ふうこちゃんには話しておきたかったのだ。彼氏がいたことを。彼が、この世界にいたことを。そしてああいうかたちで死んでしまったということ。それを受けて、わたしは死のうとおもっている。

わたしはあの男のこと、どうだっていいとおもっていた。それは、ほんとうにどうだっていい。わたしには関係ない。彼氏はあの男に会ったこともないのに、憎んでいるような口調で、あの男のことを話していた。だからなのだろう、死んだのは。でもわたしにとっては、どうだってよかった。その男がなにをしようと、なにを言おうと関係なかった。会ったこともないし。だから、これからわたしが死ぬ理由も、あの男とは関係がない。ただ、死のうとしているのは、彼氏がいないこの世界で、あたらしい彼氏ができるとはおもえなかったし、単純にさみしい。そう、さみしいに尽きる。さみしいから、死ぬ。死にたい。それだけだった。

§

夏なので、洗髪屋さんに来ている。ここでは髪を切るわけではない。ただ、髪を洗ってもらうのだけれど、それがとても気持ちがいいらしい。ぼくははじめてだった、洗髪屋さんに来たのは。うちの家系的なことを言うと、おそらくぼくも禿《は》げるだろう。それは、母の葬式のときにおもい知った。男性はみんな禿げていた。見渡すかぎり禿げ頭で、ぼくは悲しむことをしなくちゃいけないはずなのに、そればっかりが気になってしまっていた。それがこないだの4月だった。つまり母は、4月に亡くなった。あれから数か月経った。いろんなことがあったらしいけれど、ぼくはあの葬式から、頭皮や育毛のことばかりかんがえていた。塩で頭を洗うことも試みてみたりした。塩シャンプーとはいうけれど、そんなにいいものではない。ただの塩水で、頭皮を洗う。というよりも、頭皮を塩もみするってイメージで、水を浸透させていくのだった。そうすると、固まってしまったタンパク質が分解されるらしい。タンパク質というのはおそろしいらしい。いわゆる、おっさん臭い、あのにおいというのはタンパク質によるものらしく、それを塩は分解してくれるらしい。しかし、洗ったかんじがしない。そしてにおいのこともよくわからない。ちょっと、この実感のなさってよくないな、とおもい電話で予約したのが、ここ。洗髪屋さん。ここの洗髪屋さんの店主は、ワニらしい。なぜ、ワニなのかはあんまりわからないけれど、ワニらしい。ワニが頭皮をもみほぐしてくれるということで、広まった。いま、話題の洗髪屋さんだ。ワニといえば、腕が短いとおもう。だから、どうやって洗ってくれるのだろう、ぼくの頭。届くのだろうか、ぼくの頭に。

ぼくの頭のかたちは、どちらかといえば、父に似ているとおもう。父もむかし、大学生のころは東京に住んでいたらしいが、それから田舎に戻って、お米をつくっている。しかしぼくは長男だけれど、農業を継ごうとはおもわない。まだまだ東京にいて、なにがしたいかはわからないけれど、自分のことを試していきたいのだ。だから、さっきスケートボードを買った。とりあえず買った。すごいスケートボードらしく、けっこう速いらしい。それでこれから、一時間8500円の洗髪をしたら、ぼくは完ぺきだとおもう。ある程度、モテるとおもうし、いま東京で流行っているものを、ぼくは押さえている。夏だし、あたらしい彼女もできるとおもう。なんか、そういう高揚感がすごくて、ぞくぞくする。でもぞくぞくすることを悟られないようにすることも重要なことだとおもっている。

鏡のまえ、理髪店とおんなじようなリクライニングの椅子に座っている。そこへワニの店主がやってきて。

「きょうは、一時間のコースですね」

「ほんとうにワニなんですね」

「きょうがはじめてですか？　洗髪は」

「そうですね、はじめてです」

「ああ、わりと詰まってますね。外、暑かったですか？」

「暑いですね、今年は」

「そうですよね、暑いですよね、わたしも暑さに弱くて」

「え、そうなんですか」

「わたし、外来種でしょ。なので、暑さに強いとかおもわれるんですけど」

「そうおもいますよね」

「そうおもうでしょ、でも弱いんですよ」

「そうですか」

「どうしますか、毛根の詰まりとか見ますか？」

「いや、いいです。洗ってもらえれば」

「無料ですけど」

「や、だいじょうぶです」

ほんとうにワニだった、店主は。しかも、このお店ではとても自然なことのようだったので、なんともおもわない。それが不思議だった。

「さいきん、物騒ですね」
「らしいですね」
「そもそも受け入れられづらい、わたしですが」
「はあ」
「ますます受け入れられないかんじですよ」
「でしょうね」

ワニの店主。ほんとうに洗髪が上手《うま》い。短いはずの腕は、しっかり届いて。とてもいいかんじで、頭皮全体をもみほぐしてくれる。たまに頭に当たるお腹もいいかんじで、これは通っちゃいそう。

「わたし、密輸されたんですよ、この国に」
「ああ、そうなんですか」
「ワニは高く売れるからね」

「え、観賞用ですか」
「いいえ、食用で」
「えー、マジですか」
「でもなんでこうなったんでしょうね、いくつもの偶然が重なって」
「はい」
「ここで洗髪屋を営むことができているという」
「しかも原宿《はらじゅく》ですもんね、すごいっすよ」
「だって南米ですよ、わたし」
「南米ですか」
「南米から来たんですよ、船で」
「かっこいいっすね、もはや」
「でもたまに故郷に帰りたくなりますよ」
「そりゃあね」
「でも許されませんからね、この国では」

そうだった。この国から外へ出ることは、どんどんむつかしくなっている。それはずーっとむかしに、この国はそうだったと学んだけれど、あのころのかんじに似てきているらしい。そんなことをいつだったか、だれかから聞いたような気がする。でもぼくにとっては、そんなことはどうだっていい。いま、気持ちがよければなんだっていい。ワニの洗髪屋、さいこー。ぜったい通おう。そのためにバイトしよう。

頭皮に溜《た》まったぼくの皮脂が、シンクに流れていくのを想像する。なにかを抱《いだ》いてしまったら、ミートソースになってしまう時代だ、いまは。ぼくはずっと、なにもかんがえず。そして、なにも抱かないように。水のように、透明に。ただただ流されながら。これからもやっていこう。赤色に。オレンジ色に。染まってはいけない。いつのまにか、ぼくは眠ってしまっていた。

§

〈8月12日　晴れ〉

一日中、水辺にいた。それは漁港とか、浜辺。水上バスを眺めることができてよかった。海鮮丼を食べた。かずきくんといっしょだった。夜は日本酒が飲みたいね、と食べながら話したので、夜は日本酒が美味しいお店に予約して行った。お昼にお刺身を食べたので、山菜の天ぷらとかそういうのを食べようと話して、そうした。美味しかった。さいごに炭水化物も食べたいかも、って話したけど、家でラーメンもいいよね、って話にもなって、そうしようか、ってことで、かずきくんちに帰った。かずきくんの家に行くのは先月ぶりだったような気がするけど、さっき確認したらゴールデンウィークに一度だけ行ってた。記憶が曖昧《あいまい》なのがすこしこわい。

〈8月13日　曇りのち雨〉

一日中、かずきくんちにいた。かずきくんは仕事だったので、わたしはひとりでいた。あんまり植物にお水を与えていないようだったので、あげたりした。あと水回りの掃除もしてあげた。つかれた。そのあと、かずきくんが観ているという、海外ドラマを見た。セレブたちのあっけらかんとした話かとおもいきや、殺人事件とかに話が発展していったのに驚いた。わたしがいるからか、早く帰ってきてくれたかずきくんは、すこしつかれているようだったので、きょうは外食とかじゃなくて、ピザにしようって話になって、ピザにした。ピザって、体調によるなっておもった。さいごに、お風呂も洗っておいたので、いれてあげて、かずきくんちをあとにした。

〈8月14日　晴れているとおもう〉

一日中、家のなかにいた。だから、外がどうなっているのかあんまりわからない。工事現場の音がしたのは聞こえていた。ふうこちゃんにひさしぶりにメールを送った。なんともないことなんだけど、ひさびさに飲みたいくらいのかんじで送ってみた。返信は数日後とかになるとおもう。でもなんかすごい、わかんないけど、ふうこちゃんのことをぼんやりとかんがえていた。彼氏がいるとかそういうこと、言ったほうがいいのかな、とかかんがえているんだけど、言ったら言ったで、そのことばかりが話題になりそうなのも嫌だし、言わないでおこうかな、っておもっている。東京といえば、わたしにとってはふうこちゃんなんだなともおもった。なぜだか、おもった。
ふうこちゃんとは、わたしにとって、そういう存在なのだ。

§

水色のを持って歩いている男の
20メートルうしろを
水辺を目指して、歩いている
中身が動いてから、外側も揺れる
外側が揺れるから、中身も揺れる
中身はきっと、頭蓋骨《ずがいこつ》
頭蓋骨には、まだ肉がくっついていて
眼球は溶けてなくなっている
そんなわけないことが

この町では起こってしまう
だからきっと、それはある
それはない、とおんなじくらい
それはある
やがて見えてきた水辺
男はそれを地面に置く
そして、それに座って
釣りを始めた
釣りを始めたのだった

§

スケートボードを買って、もうすっかり夜。帰宅するとみーちんが巨大化していた。アパートは、扉を開けるとすぐに台所で、台所を抜けてふすまを開けると部屋なのだけれど、ふすまを開けると、真っ白なふわふわがその四角い一面に現れたのだった。さいしょはこれがなんなのかわからなかったが、すぐにわかったのは、やっぱり触り心地。うーん、これはみーちんだ。夏毛に生え替わった、みーちん。でも、みーちんだいじょうぶかな、だってそっちの部屋、六畳はあるけれど、その面積、いや体積に、ぱんぱんになるくらい巨大化しちゃったのでしょう。この様子だと。

「みーちん!」

それなりにおおきな声で呼んでみて、そして撫《な》でてみる。すると、ごろごろするから、やっぱりこれは明らかにみーちんだ。

「みーちん、これ、出てこれる?」

出てこれるわけないとおもう。しかし、真っ白なふわふわはゆっくり横へ横へ移動して。

「にゃあ」

みーちんの顔が現れた。そうか、猫っていうのは異様にからだがやわらかい生き物だった。みーちんの顔の表面積はわたしのからだの二倍くらいはあって、顔がこれくらいおおきいのだから、そっちの部屋からこっちに出てこれるわけがない。これはどうしてこうなったのだろう、うーん。あんまりかんがえることができないくらい、そう。かわいかった。なんでこんなにみーちんってかわいいんだろう。なにもかも完ぺきすぎるんだけど。やばい、わたし引っ越さなきゃ。こんなにおおきなからだになったみーちんを連れて。どこか、長野とか山梨とか、そっちのほうにでかい家建てなきゃ。西荻窪《にしおぎくぼ》なんかにいる場合じゃない。

「ふうこちゃん」

ん。

「ふうこちゃん」

ん。どこからか、だれかがわたしを呼んでいる？

「ふうこちゃん」

ん。まさか。みーちん、喋《しゃべ》ってる？　え、なんで、どうして。こんな夢みたいなことあるのだろうか。

「ふうこちゃん、わたし、ふうこちゃんを連れていきたい場所があるの」

うんうん。え、なにそれ、どういうこと。わたしを連れていきたい？　場所がある？　わたしはほとんど泣いていた。かわいすぎるのもあるけれど、みーちんがわたしを連れ出したいなんて。う、うれしすぎる。

「だけれど、わたし。こんな姿になってしまって、さすがにこの部屋から出れないの」

「だよね、見るからにそうだよ」

「だからどうにかしてほしいのだけれど、どうにかできる？」

「できる、できるよ、なんだってできるよ」

思いついたことがあった。日中、なんかよくわからない流れで、電車のなかできりえちゃんといっしょだったのに、横はいりしてきたあいつ。スケートボードを買いに行くことになったあいつと、さっき帰り際に番号を交換したのだった。あいつに来てもらおう、この部屋に。

「うわ、なんだこれ、すげー、猫だ」

「みーちんです」

「みーちん。すげー、これはすげー」

「とにかく、なにしたっていいんで。みーちんをこの部屋から出してあげて」

「にゃあ。お願いします」

「わ、しゃべった、すげー、やべー」


きくちくん、っていうらしい。こいつの名前は。きくちくんは、実家が農家らしく、わたしんちに来るということで、お米を持参してきてくれた。まさかこんなことになっているということは予想もしていなかったとおもうけれど。きくちくんがみーちんをどうにか部屋から出すまでのあいだに、わたしはきくちくんからもらったお米でおかゆをつくろうとおもう。わたしは、おかゆがとても好きだ。おかゆはいい。なんだかほっとするし、風邪をひいてしまったときのことを思い出すことができるから。だから、おかゆはいい。風邪ってほんとうにつらい。風邪のときって、わたしはずっと泣いている。なんであんなに苦しいんだろう、風邪って。しかし風邪が治ると風邪のことをすぐに忘れてしまって、いつもどおりに戻るけれど、あれってよくないとおもうのだ。苦しかったときのことをすこしでも憶えていないと、またやがて訪れる苦しいときが、もっと苦しいかもしれなくて、それがこわいのだ。だからおかゆを食べて、苦しかったときのことを思い出したい。

きくちくんのしているアルバイトは解体業らしい。きくちくんは何時間もかけて、壁とかそういうのを丁寧《ていねい》に、騒音とかも気にしてくれたりしながら、わたしの部屋を壊して壊して。みーちんを部屋から出そうとしてくれた。そのあいだ、みーちんはすやすやと眠っていた。巨大化しても、みーちんはみーちんで安心した。

「おかゆ、できているよ」

「おかゆ、おかゆにしたんだ」

「おかゆはいいよ、おかゆは」

もうすぐ夜があける。夜通し、ぜんぜん暑かった。今年は暑い。とにかく暑い。朝だというのに、暑い。みーちんは、わたしをどこへ連れてってくれるのだろう。夏だし、朝だし。猫だし。なんなんだよ。

§

鼻で吸って、口で吐いている。それだけで、汗が噴き出す。今年はそれくらい、暑い。ひとと動物のちがいをかんがえてみたときに、あんまりそのちがいってないのではないかとおもうのは、呼吸ってたぶん、そんなに変わりないんだろうなとおもうからだ。鼻で吸って、口で吐いている。焦ると、口で吸って、口で吐いていたりもする。けれども、基本的には、鼻で吸って、口で吐いている。この人数、ひとだけじゃなくて動物もいれると、どれだけの人数が。しかも東京なんていう、こんなにもひしめいている生命が、いっせいに。吸って吐いてをしていたら、とんでもないことだとおもう。しかも暑いから、噴き出すわけだし。汗やら水分が、今年の夏も。町全体で呼吸することを、きょうという日もしているわけだから、これ以上にめでたいことも、いやこれ以上におそろしいことも、世のなかにあるのだろうか。死ねばひとつ消える。殺せば、殺されれば、またひとつ消える。しかしひとつにすぎない。全体からしてみれば、ひとつにすぎないわけだから、全体は全体のまま保たれて、ひとつ消えようがそんなことなかったかのように、全体は全体の呼吸をやめない。一気に半分、無くなったとしてもそうだろう。全体はいつまでたっても、全体なわけだ。全体で息をして、からだに溜まっている湿度を放出して。

ひとがこんなにもいるから、雲ってできるんじゃないかとおもったことがあった、渋谷で。そんなこと聞いたことがないけれど、何パーセントかはひとによってできてるんじゃないかな、雲。特に、渋谷上空とかって、ひとによるものなんじゃないのかな。そうやってできた渋谷の雲と、新宿《しんじゅく》の雲はまたちがうようにもおもうけれど。だから降ってくる雨のことをおもうと、かなり気持ちが悪くなる。ひとによってできた雲が降らせる雨っていうのは、すなわち汗とか涙みたいなもので、それはとてもこわい。このことを想像すると、傘の必要がよくわかる。傘ささないとダメなのは、ひとの水分が降りかかってしまうからだ。鼻で吸って、口で吐いている。それだけで、汗が噴き出す。今年はそれくらい、暑いのだから。だから、雲ができる勢いも去年なんかと比べものにならないかも。注意しなくては。でもたまに、体液と体液をどうしようもなく交換したくなるひとが現れるのはなんでなんだろう。だってそのひとだって、まぎれもなくひとなんだし、動物なんだし。でも特別、そのひととはいいってなんなのだろう。それはやっぱり、こうして脳でかんがえていることとはちがうことで、ちがうところでそのひとが特別なんだろうか。鼻で吸って、口で吐いたそれを、鼻で吸って、口で吐いてみたくなるひとっているもんなあ。夏だしなあ。現れるかなあ、今年も。夏に現れて、夏の終わりくらいには、全体のなかに取り込まれるように去ってくれるひと。

§

みーちんがわたしを壊れた部屋から連れ出して行った先は、きりえちゃんのアパートだった。このアパートへはいつだったか一度だけ、遊びに来たことがある。きりえちゃんとは大学時代は東京のはしっこのおんなじ町に住んでいた。卒業して、都心へ。それぞれちがう町へ、引っ越した。きりえちゃんの部屋は、たしか二階で、角部屋だった。

鍵が、開いていた。

「おじゃまします、きりえちゃん」

返事はなかった。朝日だけが射しこんでいる、電気のついていない部屋のなか、きりえちゃんの気配はどこにもなかった。帰ってきてないのかな、もしかして飲み会かな。だったらなんか悪かったな、みーちんが連れてきたんだけど。わたしを。ロフトがある部屋なので、梯子《はしご》を軋《きし》ませながら登ってみる。敷きっぱなしの布団を触ってみるけれど、やっぱりきりえちゃんはいない。やっぱり帰ってきてない。なんなんだよ、みーちん。なにがしたいんだよ。ロフトから降りて、ベランダへつづく窓を開けて、路地を見下ろしてみると、そこには巨大なみーちんが座っていて、こっちを見つめているのがわかる。なに見つめてるんだよ。なんできりえちゃんちなんだよ。よくわからないけれど、そうしたかったのなら、まあいいけど。でも、きりえちゃんはいないし。帰るか。

玄関へ戻ろうとしたとき、ふと目にはいったのはちいさなローテーブルのうえに置かれている、みるからに日記のようなノートだった。きりえちゃんらしい、わたしの趣味ではないノート。悪いとはおもいつつ、せっかく来たんだし手にとって。めくってみる。8月14日まで、日記はつけてあった。8月14日、晴れているとおもう。やっぱりひとの日記を読むなんて最低だし、恥ずかしい。読みたいわけではないし。え、でも。わたしにメール送った、とか書いてある。なんなんだよ。暇かよ。え、ちょっと待って。彼氏⁉　きりえちゃんに⁉　マジで？　や、言わなくてよかったよ。言われても、ってかんじだし。

ふうこちゃんとは、わたしにとって、そういう存在なのだ。

なに書いてんだろう。きりえちゃん。わけわかんないんだけど。8月14日って、でもあの日の前の日かも。翌日、東京の至るところで、あの男の声を聞いたひとたちが死んでしまった。耳がただれてしまって、ついにはからだも溶けてしまった。そんな町で、わたしたち生き残っているんだよね。きりえちゃん。

§

——夏。

――舞台は東京なのだけれど、見渡す限り原っぱである。
――肩のあたりが破けたスーツを着ている男性が、舞台の奥から歩いてくる。
――下手からクーラーボックスを持った男性（釣り人）が現れる。

男性　あ。釣りですか。
釣り人　なんでわかったんですか。
男性　だって、夏だから。
釣り人　夏じゃなくても、釣りはするでしょう。
男性　そうですか。ああ、そうかもしれませんね。
釣り人　そうですよ。まあ、釣りですけどね。
男性　やっぱり。どこで釣るんですか。
釣り人　品川《しながわ》ですね。
男性　品川。
釣り人　この先行くと、品川なんですよ。じつは。
男性　そうなんだ。ああ、この川を行くと。
釣り人　そうなんです。この川を行くと、品川なんです。
男性　品川でなにが釣れるんですか。

――ふたり、歩いて行ってしまう。

――場面転換。ここは、洗髪屋。

――若い男（きくち）の頭を、店主（ワニ）が洗髪している。

ワニ　わたし、密輸されたんですよ、この国に。

きくち　ああ、そうなんですか。

ワニ　ワニは高く売れるからね。

きくち　え、観賞用ですか。

ワニ　いいえ、食用で。

――ガードレールに座って、地面のある一点を見つめる男。

――男は、やがて去る。

ワニ　いくつもの偶然が重なって。

きくち　はい。

ワニ　ここで洗髪屋を営むことができているという。

きくち　しかも原宿ですもんね、すごいっすよ。

――ここはとある駅前。女（きりえ）が誰かを待っている。

――そこへ女（ふうこ）が現れる。

ふうこ　おはよう。待った？　ごめんね。

きりえ　ううん、急に連絡してごめんね。

――ふたりは駅構内へ。

ワニ　でもたまに故郷に帰りたくなりますよ。

きくち　そりゃあね。

ワニ　でも許されませんからね、この国では。

――洗髪屋は消え去る。

――場面転換。港が目のまえに立ち上がる。

――港には、男性と釣り人がいる。

釣り人　あなたはなにをしているんですか。
男性　ああ。
釣り人　だって、そのかっこう。
男性　ああ。「あの日」以来、会社に行けていなくて。
釣り人　ああ。
男性　家にも帰っていなくて。この有り様です。
釣り人　その有り様ですか。
男性　釣れますか。
釣り人　釣れませんね。

――ふたりの背景を、女（きりえ）が通りすぎる（下手から上手へ）。

男性　クーラーボックスには、なにがはいっているんですか。
釣り人　魚の餌《えさ》ですよ。
男性　でも、一度も開けないじゃないですか。

——女（きりえ）はとても高いところに立っている。

釣り人　きのうの夜、近所のビルの屋上から、ひとが飛び降りまして。
男性　さいきん、多いらしいですね。
釣り人　女性だったみたいなんですが。
男性　夏ですね。夏らしいですよ、とても。

——女（きりえ）が飛び降りる。すると風景は、まるでなにか（もしくは、夏）におおわれたよう。

——暗転。

§

わたしは、町のなかを。あのビルを目指して歩いている。スケートボードを抱えて。すれ違うひとたちの顔はよく見えない。なにか話しているのは聞こえてくる。しかしわたしはあのビルだけを目指しているから、それ以外はなにも目にはいってこない。

「わたし、こんな時代に生まれなければどんなによかったとおもう」

「それと、さいきんもうこんな町にいなくてもいいともかんがえる」

「やー、田舎とかに戻ったりとかさあ。もっと選択肢はあるはずで」

あの男の声を聞いてしまうと、耳がただれてしまって、ついにはからだも溶けてしまう。直接聞かなくても、電波に乗せて聞こえてくるのを聞いてしまっても、そうなってしまう。あの男は、見分けることができる。賛成か、反対か。

こんなにも暗かったんだっけ、世界は。


「道路を掃除するのに、何年かかかるってはなしだよ」

「でも日本だからさあ、けっきょくはやいとおもうよ」


きりえちゃんは、あの日、電車のなかでそう言ったけれど。でも日本だからさあ、とか。「けっきょく」だとかさあ。そういうこと言う、きりえちゃん。ムカつくよ、マジで。

イヤホンを差し込む。流れてきたのは、いかにも夏らしい曲。あの夏とあの夏を思い出す。この夏のこともいつか思い出すのだろうか。

すれ違うひとたちを掻き分けるように、スケートボードを走らせる。

「でも、ふうちゃん、東京は大変ね。いろいろあるんでしょ、さいきんも」
「ただ身を任せればいいの、誰かが決めてくれるんだから」
「パパとも話しているのよ、ふうちゃんが心配だって」
「だって生きてるんだからさあ、心配しないでいいし」
「ずっとそのままでいてね、ママはふうちゃんのことだけが心配」

わたしが生きているのはなんでだろう。

涙が出てくる。この世界なんて、あの男が現れるもっとまえから、そもそもクソだったのだとおもう。

もう忘れたい。まあ、いつかは忘れるのだろうけれど。

「おはよう。待った？　ごめんね」
「ううん、急に連絡してごめんね」

会いたかったとか、そういう漠然としたことが動機になってしまうのがきりえちゃんだ。わたしにはない。会いたいとか、そういうことだけが理由で、ひとに会いに行ったこととかない。会いたい、って感情がないわけではない。でも会いたいだけでは会いに行けない。

「上京したってかんじするわー」

きりえちゃんと缶チューハイを飲んだとき。

「東京も夕暮れとかあるんだね」

世界のすべてがオレンジ色に染まっていた。

わたしはずっと泣いている。なんでこんなに苦しいんだろう。しかしこんなことがあってもこのことをすぐに忘れてしまって、いつもどおりに戻るけれど。苦しかったときのことをすこしでも憶えていないと、またやがて訪れる苦しいときが、もっと苦しいかもしれなくて、それがこわい。このことをわたしはきちんと思い出したい。

死ねばひとつ消える。殺せば、殺されれば、またひとつ消える。しかしひとつにすぎない。全体からしてみれば、ひとつにすぎないわけだから、全体は全体のまま保たれて、ひとつ消えようがそんなことなかったかのように。きりえちゃんも、全体のなかのひとつにすぎなかった。きりえちゃんがいなくなっても、全体は全体の呼吸をやめない。それが町というものなのかもしれない。

なにかを抱いてしまったら、ミートソースになってしまう時代。ずっと、なにもかんがえず。そして、なにも抱かないように。水のように、透明に。ただただ流されながら。これからもやっていこう。赤色に。オレンジ色に。染まってはいけない。

§

きりえちゃんは、夏の終わりくらいに。全体のなかに取り込まれるように。この世界から、去った。

ふうこちゃんとは、わたしにとって、そういう存在なのだ。

なに書いてんだろう。きりえちゃん。わけわかんないんだけど。

§

きりえちゃんが、飛び降りたビルに辿《たど》りついた。やっと来れたよ、きりえちゃん。きょう、はじめておもえているよ。会いたかったって。それだけの気持ちでおもうことができているよ、恥ずかしいけれど。今年の夏も暑かったね、きりえちゃん。でももう、夏も終わるよ。たぶんそのあとは秋が訪れて、すぐに冬になるよ。そうやって時間は進んでいくようだよ、きりえちゃん。わたしはそのことに納得ができないよ。こんなにも引っ張られてしまっているからか、いまはなんだかまえへ進める気がしないよ。ひとは忘れることができるらしいけれど、忘れることができそうにないんだよ。このさき、薄れることがあっても、この夏のことは忘れないとおもうよ。

　それと、不思議なんだよ。わたしも、いちおうひとだけど。みんな、ひとだっていうことが不思議なんだよ。ひとなのに、なんでっておもうこと自体が不思議だよ。おなじひとなのに、だから忘れたり忘れなかったりのこの葛藤《かっとう》を、等しくしているようにもおもうのに。なんでだろう。話せばわかるのかな。でも話すのはめんどくさいよね。でも話さなくちゃいけなかったよね、あの日。待ち合わせをした日。わたしはきりえちゃんともうすこしだけ、話せたはずだった。なのになんで話さなかったんだろう、あれだけしか。それがほんとうに、わたしは許せないよ。わたしはわたしを許せないよ。きりえちゃんも許せないよ。もうみんな許せないよ。世界、ぜんぶが許せないよ。でもこの世界に、わたしたちは生きている限り、生きるしかない。

　わたしの目のまえにビルがそびえたっている。あの日、ひとびとはビルのうえから飛び降りて、アスファルトにぶつかって、つぎつぎと肉の塊となって、湯気をあげながら地面に溶けていった。しかし誰も驚かなかった。だってほんとうのことなんだから、ぜんぶ。

§

夏のことだった。今年の夏はいろいろあったけれど、こういう風にして終わっていった。いつだったか、見渡す限り、原っぱだったこの町に。わたしは、そのころのその光景を想像しながら立ち尽くしている。もう夏は終わるというのに、汗が。同時に視界の端から端まで、滲《にじ》んでいくのをかんじながら。

§

からだのなかに水分が、これでもかってくらいぱんぱんに溜まっているような気がして爆発しそうだ。水を飲みすぎた、ってことはないはずなのに。からだのなかの水分を、すべてどこかへ出してしまいたい。これは吐いてしまえばいいってわけではない。むしろ、のどは渇いていなくて、でもからだは水分で満たされすぎているくらい、満たされている気がする。どうにかして、この爆発しそうな感覚を発散しなくては。夏だし、汗はかくわけだから、それはそのままでいいだろう。ボクサーが減量するみたいに、ガムとか噛《か》もうかな。あとはなんだろう、射精かな。でも、いまから、会社だ。うーん、爆発しそうだ。血という血を、抜き出してしまいたいかんじなのかもしれない、これは。そうか、このかんじか。腕を切ってしまいたいとか、そういうのは。毒素が血に、すなわちからだのなかに溜まってしまっている気がするのだ。悪い血は、黒色をしていると聞いたことがある。それを手の指から、足の指から、背中から、すこし切れ目をいれて外へ出すと気持ちいいらしい。それがしたい！　いま、とても爆発しそうだし、それがしたい。耳のあたりがうずうずする。暑いのも相まって、ぜんぶが外へ出たがっている。血も。水分も。はー、爆発しそう。ダメかも、ちくしょう。

信号が青になる。横断歩道を渡ろうとしたとき。目のまえに、サクッとなにかが降ってきた。

綿毛のような

わたしの状況はといえば、はじめてのことだとおもうのだけれど、そんなによくない気がしてきた。三年間も付き合ったひとと別れたのだった。それだけならまだいいというか、べつに別れたこと自体は悪いことではないとおもっているし、むしろよかったはずなのに、それだけでは済まなかったのだ。別れを切り出してきたのは、彼のほうだった。わたしではない。わたしには納得ができない部分があった。すんなり、じゃあ別れましょうとはなんだかいかなかったので、数週間もまえから話し合いが重ねられていた。彼は別れる理由をさいしょ、ふたりのなかだけで起こっている問題にしたがっているようだったけれど、そこにわたしはいくつかの嘘《うそ》があるのではと予想していて、案の定、それが的中したかんじだった。問い詰めたところ、やっとのことで白状した。つまり彼は、わたしではないだれかのことがもはや好きで、すでにそのひとと関係があるという。はじめからそう言えばいいのに、そんなことだろうとはおもっていたし、なんでいいかんじで別れようとするのか。別れはいつだって最悪じゃないか。じゅうぶん、わかったうえで、とてもじゃないけれど、許せなかったので、台所へ行き、棚から包丁を取り出して、彼に刃先を向けて。

「死ぬか、わたしが死ぬか、選べ」

と言うと。彼はもはや、ひとじゃないような顔色で、それこそまごつきはじめて。

「え、え、ちょ、それは、それは」

なんて発音しだすもんだから、こんな表情をつくることができるオトコとわたしは寝たことがあったのかと、不思議になってきて。不思議になったということは、もうそういう意味でもまるっきり離れることができるのだろうとおもえたので、三年間なんてこんなものかと、一瞬にしてじぶんのなかで整理がついて、あたらしいなにかが組み立てられていくのをかんじながら。けれども、やっぱりこんなことがわたしの身のまわりでも起こってしまうのだというショックと、そういえば浮気をされたのはこれがはじめてだった、というのもあって。こんなことがあって、まえへ進んでいける気がしない、みたいな雰囲気が、それに相反している妙な冷静さよりも、瞬発的に勝っていたのかもしれない。

「じゃあ、死にます。さようなら」

そう言ってから、わたしは包丁をじぶんの首もとに突き刺して、実際に死のうとしたのだけれど。いや、そこまでの覚悟はなかったのかもしれなくて。でも案外、ふかめに突き刺さっていたようだ。じぶんの生ぬるい血が噴き出して、それがわたしの右手から前腕に滴《したた》るのをかんじた、そのときだった。もうおそいよ、とおもいつつも、彼がなにかを叫びながら、こちらへ走ってくる。というか、こちらへ迫ってくるように見えた。その動作すべてがスローモーションで、なおかつこんな状況なので、誇張されて見えているのだと、さいしょはおもっていたのだけれど、ちがった。よく見てみると、彼の顔が。いや、彼の首からうえ。頭蓋骨《ずがいこつ》の部分すべてが。ぷーっと、風船のように膨《ふく》れあがって。いや、巨大に。縦長に。腫《は》れあがってしまった、というのが正しい表現なのだろうか。彼の顔。いや、彼の首からうえ。頭蓋骨の部分すべてが。ぷーっと、急に空気がはいったようなそんなかんじで、こちらへ迫ってくるのだった。迫ってくるというか、ただそれは膨らみつづけている急激に。なので、首からしたはいっさい、動いていない。首からうえだけが、ぱんぱんに。ふつうの何倍もおおきく。それに合わせて、顔の部位のひとつひとつも縦だの横だのにその膨らみに合わせて伸びちゃって、顔の原型がもはやわからない。なにか叫んでいるのだけれど、それも変声機器を通して聴くようなかんじの低音が、部屋中に拡散しているだけ。わたしはといえば、首もとの切り口からどぶどぶ血を流しながら、どうすることもできない彼の、そう、まるで風船のように膨らみつづける、彼の顔を目の当たりにしながら。

「えーーーーーーーーーー」

と出すことができるいちばん低い声で、あっけにとられた。もう彼の頭は天井を突き破ろうとしている。ここは、杉並区《すぎなみ》。このまま膨らみつづけるのなら、この木造建築のアパートをぶち壊してしまうか、それか彼が割れてしまうのではないかと心配だったが、木造建築のアパートをぶち壊してしまうほうだった。めきめきと壁や窓や天井をぶち壊して。そして彼はなんと浮力を帯びて。宙へ浮かんでいってしまった。崩壊した部屋のなかに、わたしはひとりでいる。見上げるとすっかり秋の空だった。右手に握っている包丁を、やっと床に落として。救急車を呼ばなくては、とおもった。状況はといえば、はじめてのことだとおもうのだけれど、そんなによくない気がする。途方に暮れていた。すると、足元でなにかちいさな感触がするのだった。なにかとおもって、目をやると。クアッカワラビーがわたしのズボンのすそをちいさな手で引っ張っていたのだった。

§

さっき、そこの道端で拾ったノート。タイトルらしきものが、太字のマジックペンで書きなぐられている。

『夏という名の国』

夏という名の国は、もちろん、海岸線に沿って。
海からの恵みを豊かに享受しながら、ここまで繁栄してきた。
ちいさな波とおおきな波は、砂浜での焚火《たきび》をとても嫌っている。
波たちは、できれば焚火なんて消したくてしょうがない。
波たちと焚火は、一触即発。
戦争が起こってしまってもしょうがない状況に陥《おちい》ってしまった。
だって、焚火は火を絶やしたくない。
いつだかの誰かを、ここで。このビーチで待っているために。
けれども、波たちは焚火なんて消したくてしょうがない。
夏という名の国は、選択を迫られていた。
波たちと焚火が睨《にら》みあっている、一触即発のビーチ。

夏という名の国は困り果てていた。
するとそこへ。
一台のクルマが。サーフボードを積んだ、一台のクルマが。颯爽《さっそう》と現れた。
うしろのキャンピングトレーラーから現れたのは、田舎のおばあちゃん。
扉を開けて、一歩目は左足。
ビーチに降り立った、田舎のおばあちゃんはサングラスをかけている。
サングラスの奥に光る眼差しは、睨みあう波たちと焚火に向けられている。

「なんだよ、ばばあ」

と波たち。

「あ、あなたは！」

と焚火。
高いヒールを履《は》いた田舎のおばあちゃんは、砂浜にヒールを8センチ突き刺し。声を荒らげて言うのだった！

「ぜんぶ、季節のせいにしちゃいなさい！」

「はっ」

「季節がそうさせたのよ！」

その場にいた全員が号泣。これにて、一件落着。

夏という名の国は、こうしてこの夏も穏やかにやっていけそう。おしまい。


「なんじゃ、このノート！」

もういちど読んでみたい気持ちを抑えつつ、ふたたび道端へ放り投げた。だっていまは、秋なのだ。こんな夏の残骸《ざんがい》。なんども読んでいる暇はない。季節のせいにしていいのなら、しちゃいたい。けれども、してしまってはいけないようなそんな気もする。だれかがふたたびあのノートを開いて。あの物語に触れることに思いを馳せつつ。さあ、銭湯へ行こう。

§

夏休みのさいごの日だった。足だからバレないよ、と嫌がる妹にペディキュアを塗ってしまったことがあった。けれども、そのつぎの日。つまり始業式のその日に、ちょうどプールの授業があったらしい。プールにはいるためには足を出さなくちゃいけないわけだから、ペディキュアを塗ったその足を先生に見られてしまう。

「どうやって落とすの、これ」

泣きながら帰ってきた妹。紺《こん》色のペディキュアだったとおもう。先生に怒られてしまった妹にたいして、申し訳ない気持ちはもちろんあったけれど、それよりもなにより、妹の足。紺色のペディキュア。なんだかとてもうつくしく見えた。妹の足の指は、すらっと長いようにおもう。わたしよりも、ずっと地面を器用につかむことができるような足の指。うらやましかった。

「自然と、いつか落ちてくよ」

わたしはあえて、妹のペディキュアを落とさずにそのままにしておこうと意地悪をした。まだしばらく見ていたかったのだ。紺色が、徐々に剝《は》がれ落ちていく様子を。紺色が、徐々に剝がれ落ちていく様子。

そう、それでいまわたしは、明け方の海までやってきている。海といっても、ここは埋め立て地。紺色だった夜が、朝日によるピンク色に侵食されていく。こんな海で、なにが釣れるのだろう。釣りびとが、何人かいる。わたしはそれを、その全風景をとおくから眺《なが》めている。どうしてか思い出すことができる、妹が小学生だったころ。紺色のペディキュア。それと、今朝のこの空の色を重ねたりしている。ひとつ、風船が浮かんでいるのが見える。どこまでもゆっくり昇っていくようなかんじで。このなんともない風景を目に焼きつけておきたいとおもうと、涙がでてくる。わたしだけじゃない。忘れてしまうのは。わたしたちは、忘れてしまう。異様な速度で。なにもかも、さっきのことだって、忘れてしまう。この町に住む、すべてのひとは。これから先、なにもかも忘れてしまうらしい。そういうことになっているらしい。秋とは、そういう季節らしい。

§

レストランのロビーにて。陽気だとおもいきや、じつは陰気なフォークギターを弾いているお兄さんがいる。店内がそういう雰囲気じゃないことを知っているくせに、ああしてあえて、バカみたいに弾いているわけだ。そして店員さんも、あれがいいとおもっているわけだから、もうどうしようもない。

「なんなんだよ、まったく」
「たしかに」
「べつに祝いたくもない他人の」
「うん」
「ハッピーバースデイがいきなりはじまるくらい、不快だぜ」
「それにしてもでたらめなギター」
「くたばりやがれ」

わたしたちは、三年。付き合った。三年目の、なにかお祝いみたいなそんなことするタイプのわたしたちではないので、そんなつもりはないのだけれど。でも、三年くらい経つね、みたいなはなしをしたのだった。こないだ。なので、レストランへやってきた。すこし高めの。半年に一回、来るくらいのレストラン。

§

ぼくは、絵を描いている。まだこれで食っていけるかわからないけれど、とにかく絵を描いている。まだ何枚かしか、じぶんの絵を売ったことがない。気にいってくれたひとのもとへ、正しく届いてほしいだなんておもっていたころもあったけれど。いまは、なんだっていい。だれにでもいいから、売れてくれとマジでおもっている。同年代で、もうだいぶ食えているやつはいる。くやしいとはおもっていないはずだった。けれども、もしかしたらくやしいとおもっているのかもしれないと、ついさいきんおもったのだった。公民館で、デッサン会に参加していたときのことだった。休憩中のトイレにて。ぼくは鏡でじぶんの顔を、なぜだかいつもよりも数秒間、長めに見つめてしまった。なぜじぶんをいつもよりも見つめたか。かんがえてみると、たしかにそういうことなのだろうと納得してしまったのだ。芸術というのは商業めいたものとは程遠くあるべきだとかおもっていたのかもしれないけれど、しかし同時にそれを貫き通したって芸術というものをつづけていくことができないじゃないか。じぶんの顔を見つめながら、ぼくはじぶんに問うていた。ぼくには彼女がいる。彼女はけっこう、ふつうの感覚の持ち主だ。ふつうの感覚。ぼくには持ち合わせていないような。たとえば、記念日のような日を憶《おぼ》えているような。そんな彼女だ。ぼくにはそれがちょうどいい。おなじ絵描きと付き合うとかはできないとおもう。ふつうの。ふつうのかんじが、ちょうどいい。しかし、つまりだ。つまり、ぼくはぼく以外の絵描きを、じつのところ認めたくないのかもしれない。ぼくは、ふつうの。なんの芸術的な教養もない彼女に、ぼくなりの芸術論を語るのが好きだ。それを彼女は、なるほど、とかなんとか言いながら聞いてくれたりする。吉祥寺《きちじょうじ》でカレーを食べながら、カレーのあとはコーヒーを飲みながら。ぼくは、彼女に。ほかの絵描きの悪口を話すのだ。悪口を話すのは、なぜだ。それは意識しているからだろう。悪口を言うほど、意識しているのだ。恥ずかしい。こんなはずじゃなかった。ほかの絵描きのことなんて意識したりとか。食っていけるかどうかなんてかんがえなくても、自然と食っていけているはずだった。いまのぼくの年齢のころには。

休憩中のトイレをでて、偶然出くわしたのは、いつだかのデッサン会でモデルをやってくれた女性だった。腰のところにタランチュラのタトゥーがはいっているのを知っている。まるでハンター×ハンターのあれみたいだったから、よく憶えている。

「ああ、こんにちは」

「こんにちは」

「きょうは描くほうですか」

「描くほうですね」

「なるほど」

これがついさいきんのこと。あれからそんなに経っていないのに、ぼくはもう何度もそのタトゥーの女性と会っている。彼女にはそのことはもちろん隠していようとおもっていたけれど、どうやらうすうす、勘づかれているらしく。きょうも話し合いをしに、彼女の部屋まで行かなくてはいけない。うーん、とにかく面倒くさい。三年も、付き合ったけれど。やはり彼女は、ふつうの感覚の持ち主。ふつうのかんじに過ぎないのだ。

§

「二日目のピザって食べたことある?」

「や、ないですけど。そもそもなんですか、二日目のピザって」

「宅配ピザ、あるでしょ。おれは、届いたピザ。そのとき食べないで」

「そのとき食べないで」

「そのまま冷蔵庫にしまっておきたいくらいなんだよね」

「なんですか、それ」

「翌日、焼くんだよ。オーブンで。それが美味《うま》いんだよ」

「美味いとおもえないんですけど」

「美味いんだよ。一回死ぬんだよ。ピザが。冷蔵庫のなかで」

「なに言ってるんですか」

「パン生地も、のってる具もすべて一回死ぬんだよ。それを焼くんだよ」

「復活するんですか」

「いや、しないんだよ」

「あ、しないんですか」

「死んだまま、焼かれるだけなんだけど。それが美味いんだよ」

「ぜんぜん美味いとおもえないんですけど」

§

「どうする？　デザートは」

「ビーガンアップルパイと、ダッチアップルパイがあって。どっちにしようかな」

「ピーカンナッツパイもあるよ」

「わたしあれなんだよな、アップルパイ。年がら年中、食べたいんだよな」

「うーん、いいね。そういうの」

「そしてわたし、モヒートコーヒーにしたい」

「えー、なにそれ。どういうのなの」

「あまいんだけど、すっきりしてるんだよね。ミントだからさあ」

「ミントなんて、育ててるくらい好きだからな」

「育ててるんだ」

「ペパーミントってほんとつよい。雑草くらいつよい」

「そうなんだね」

「なんにもしなくても増えつづけるしね」

§

まえを歩いている男性のポケットから、なにかがひらりと地面に落ちたのが見えたので、それを拾って。

「なにか落ちましたよ」

と声をかけても、もはや間に合わず。届かず。男性はひとごみのなかへ消えてしまった。拾ったのは、おそらく手紙。わたしは、出来心で。読んでみたい、というすこしつよめの衝動に駆られて。封を開けて、なかみを読みはじめてしまった。

いつだかの夏　小麦色の肌　忘れられない　蛍光色《けいこうしょく》の水着
汗なのか　涙なのか　水滴がすーっと
首筋から　鎖骨《さこつ》へ　溜《た》まっていくのを　ただじーっと見つめていた　夏だった

「髪の毛も日焼けするんだよ　トリートメントをしに　美容室へ行かなくちゃ
――」

きみは怪訝《けげん》そうに　パサつく髪の先端を見つめて　そう言ったね
ぼくはといえば　そのとき　こう言い返したのを　憶えているよ

「親父の期待に　応えられなかった　10代を乗り越えて
ぼくたちやっと　20代になったんだよ――」

つまりぼくたち自由だよ　これってすごいことだよ
だから　好き勝手にさあ　この夏を　たのしもうよ

汗なのか　涙なのか　水滴がすーっと

首筋から　鎖骨へ　溜まっていくのを　ただじーっと見つめていた　夏！

ひと夏の　彼女　記憶のなかでは　ぼくたちずっと　20代のままだよ

あはは　あはは　ぼくたち　ずっと20代
あはは　あはは　永遠とは　このことさ！

あはは　あはは　あはは　あはは　あはは　あはは――

いいや　永遠なんて　存在しなかった
そのことがようやくわかってきました　２０１８年　夏
けれどもきみのことを　毎年
夏になると思い出しているよ――　今年33歳　すずしろぜん

「なんじゃ、このポエム！」

もういちど読んでみたい気持ちを抑えつつ、ふたたび路地へ放り投げた。だっていまは、秋なのだ。こんな夏の残骸。なんども読んでいる暇はない。季節のせいにしていいのなら、しちゃいたい。けれども、してしまってはいけないようなそんな気もする。だれかがふたたびあの封筒を開いて。あのポエムに触れることに思いを馳せつつ。さあ、銭湯へ行こう。

§

秋まで生き残った蚊《か》はとても手強いことは知っていた。けれども、こんなにも手強かったとは。しかも、今年の記録的な猛暑を乗り越えて、秋まで生き残った蚊は、なんと進化を遂げたらしい。変種が現れたのではない。進化を遂げたのだ。進化を遂げた蚊の針は、つねに高速回転しているという。動物の体温をかんじとることができるセンサーも研ぎ澄まされ、おそろしいことに聴覚も覚醒《かくせい》した。そのことによって、じぶんたちってこんなに羽音をたてて飛んでいたのだということに気がついて、とても静かに飛ぶことができるようになってしまったし、たくましい血流、おいしい血がどれなのか、血液型は？　というところまで、その異様に敏感な聴覚によって聞き分けることができるようになってしまったのだった。そうなると、もう人間もそうだけれど、動物なんてなすすべもないわけだ。蚊たちは生きとし生けるものたちの頂点に君臨しようとしていた。いちど狙《ねら》われたら、もう逃げることはできない。高速回転している針は、皮膚なんてもちろん貫いて、筋肉のなかを潜っていけるほどだ。蚊たちは胴体ごと、内臓にまで届くことができる。体内でじゅうぶん、血を摂取したら、ふたたび外界へ。その繰り返し。進化した蚊たちは、特に杉並区におおく棲息《せいそく》しているらしい。知るひとぞ知る進化した蚊たちの存在を、人間も黙ってはいなかった。医療としてつかえるとおもっているひとなんて、もちろんいるわけだし。兵器開発に生かせるとおもうひとだって、でてくるだろう。なので、進化した蚊たちを捕獲しようとする輩《やから》が、静かに杉並区に集まりつつある。そんな秋だった。蚊と人間のたたかいがはじまろうとしていた。もちろん人間になんて捕獲されたくない蚊は、言語もつかえるようになるために必死だった。言語さえつかえるようになれたのなら、人間を支配できるに決まっている。ちいさい身体を武器に、まずは杉並区を。そして東京全土を。ゆくゆくは、日本。そして、アジアへ。世界征服だって夢ではないだろう。蚊たちは大群をなして、じぶんたちを捕獲しそうな輩の、たぎる血流を聞き分けて。そして言語をつかって、話し合いながら。人間なんて、突き刺し、貫き。吸いつくしてしまおう。そうかんがえていた、蚊たちは。けれども、蚊たちは忘れていたことがひとつだけあった。蚊取り線香のことだった。蚊取り線香だけは、無理だった。いくら進化したところで、苦手なものは変わらなかったのだった。人間もそのことを知っている。蚊取り線香をもくもくと焚きながら、人間たちは迫ってくる。あれじゃあ、人間に近づくこともできない。煙に巻かれて、涙を溜める蚊たちのことをかわいそうだとおもう感性を持ち合わせている人間なんてひとりもいない。つまり、蚊たちはつぎつぎと抹殺されたり、生け捕りにされたり。けっきょくは、人間たちの勝利だった。

§

「なにが」
「え」
「なにがあったの」
「うん」
「だって、この町におうちがあるのにさあ」
「うん」
「なんで、ホテルに」

姉と話している。車のなかでだった。わたしが運転している。ひさしぶりに会った姉。やっとのことで探し出した。首都高を走らせながら。

「ホテル住まい？」

姉は、まっすぐまえを見つめているだけで。もう、なにも話そうとしない様子だった。

「いや、答えなくてもいいんだけど」

いつだかの夏の終わり。秋がはじまるころ。わたしの足の爪にペディキュアを塗った、姉。

「それで、わたしたち。いつ、どこで、会ったこと。あったんでしたっけ」

「え」

「わたし、思い出せなくて」

姉は、わたしのことを憶えていない。忘れてしまっているようだった。

§

ちょうど一年前の、あれも秋だった。深夜。姉から電話があって、姉のおうちへ。タクシーで駆けつけると鍵はあけっぱなしで、廊下に脱ぎ捨てられたサンダル。

姉の夫は、もうほとんどおうちへ帰ってきていないというのは知っていた。所持しているキャンピングカーで、夜は過ごしているらしいが、そのキャンピングカーで、毎晩。なにが行われているのか、わからないという。ふたりで食事に行ったときに、酔っぱらった姉はわたしにそう言っていた。なにが行われているのか、わからない？　どういうことだろう、とおもったけれど、それ以上のことは聞かないようにした。

サンダルをひとつひとつ、拾って。シャワールームから、音がする。あの漏れている灯りの向こうに、姉はいるのだとわかった。出しっぱなしのシャワー。姉は服を着たまま。けれども、全身濡れていて、うずくまっている。なにがあったのか、わたしにはわからない。たとえ、それを聞くことができたとしても、わたしには理解することができないだろう。

あの日のペディキュア。

紺色だった、とおもう。

§

外灯に照らされた、夜の駐車場。一時間、６００円もする。都心の駐車場はとても高い。一台だけ、車が停まっている。車のなかには、だれかがいるようだったけれど、外側からは見えないような加工がされている窓だった。おおきなワゴン車。駐車場の片隅には、公衆トイレ。自動販売機の灯りが反射して、不気味に光っている。だれがあのトイレにはいれるというのか。こわすぎて、わたしには無理だ。あの車のなかで、もしくは、あの公衆トイレのなかでなにが行われているのだろうとかんがえてしまう。夜だから、そう見えてしまうのだろうか。これはかんがえすぎなのだろうか。わたしが選ぶはずのない時間を、選ぶひとがいる。わたしが選ぶはずのない時間を、選ぶひとがいるから、わたしが思いもよらない方向へ、いつだってこの世界は流れていってしまう。わたしにはどうにもできないちからが働いているようにおもう。まがまがしいことを、想像してしまうのはどうしてだろう。けれども、わたしなんかが想像できることは、実際に起こりうるのだ。

§

綿毛のような、髪型にしてください。いま、流行《はや》りの。そう言うのよ。そう言うと、きっと綿毛のような、髪型にしてくれるから。みんなといっしょの。はい、1500円。これで、そうしてもらいなさい。あしたからまた、学校でしょう。きょうしかないわよ。綿毛のような、髪型にできるチャンスは。きょうしかない。

気が重かった。ただでさえ、髪型を変えるなんてあんまりしたくないのに、綿毛のような、髪型なんて。髪を切ったつぎの日の学校はだれだって、なんとなく居心地が悪いに決まっている。なのに、ましてや、綿毛のような、だなんて。あれはいつだったか、こないだの夏よりすこしまえのことだったか。世界的で、地球規模のサッカーの大会が開催されたときに、どこだかの国の人気選手が、綿毛のような、髪型にしていたらしく、だからか、とても流行っているのだった(サッカーに詳しくないので、ぼくは見たことがない)。世界中の10代の、男子も女子も、綿毛のような、髪型にしている。しかし気がかりなことがあった。その、綿毛のような、髪型の人気選手は現在、再起不能らしい。原因は不明。けれども、もう二度とサッカーをすることができないというのだ。綿毛のような、髪型を普及させた張本人は、もうひとびとのまえに現れることはないのに、その髪型だけは流行りつづけている。なんだか腑《ふ》に落ちないし、なによりもそいつのせいで、ぼくまで綿毛のような、髪型にしなくてはいけないかんじになっている。お母さんは、バカである。お母さんに言うことではないのはわかっているけれど、完全にバカだとおもう。わかってはいたのだけれど、確信に変わった。お母さんは、バカだ。サッカーなんて見たこともないぼくを、綿毛のような、髪型にしようとするなんて。ぼくのお母さんは、クラスのみんなのお母さんよりも、ずいぶん若い。ずいぶん若く見えるだけだろうとおもっていた時期もあったけれど、実際にずいぶん若いとおもう。ぼくとお母さんは血がつながっている。しかし、お父さんとは血がつながっていない。ぼくはぼくのお父さんに会ったことがない。なので、いまのお父さんのことをお父さんだとおもうことにはふつうに成功しているので、そこにはあんまりストレスはない。でもお母さんとお父さんは、ふたりのあいだで、子どもをつくりたいのではないかとおもう。つまり、ぼくのしたに妹か弟が生まれる可能性だって、まだあるんだとおもう。しかしなかなかできずに、悩んでいるような気がする。ちなみに、お母さんとお父さんがセックスをしているところをぼくは二回くらい見たことがある。一度目は、ふつうに寝室でしているところを、ぼくは帰宅してしまって、ごめんとおもった。二度目は、リビングでしているところに、ぼくは帰宅してしまって、そこでするなよとおもった。気づかれないように、扉を閉めて、公園へ向かったのだけれど、あのときの公園はさすがにすこし、なんとも言えないさみしさというか。不安なのかな、そんな気持ちがして、やりきれなかった。まあ、いつだかのそんなことはいいとして。綿毛のような、髪型である。問題は。お母さんは、ぼくの髪型を、綿毛のような、髪型にしたいとマジでおもっているかんじだ。なんてことだ。お母さんも、ぼくと同様。サッカーなんて見たこともなかったし、ルールだって知らなかったはずだ。でもこないだのその、世界的で、地球規模のサッカー大会をきっかけに、サッカーが好きになった類のあれだろう。サッカー大会は、日本ではないどこかの国で行われていたので、時差があったのだとおもう。深夜になると、お母さんたちはリビングで歓声をあげていた。ぼくがあしたも学校だということは、関係なしに。お母さんは、お父さんにサッカーのルールを教わったりしたのだろうとおもう。オフサイドなんちゃらのことを語られたときは、正直頭にきた。朝だった。べつにお母さんに説明受けることじゃないし、そんなことは。目のまえにあった。目玉焼きをひっくり返して、泣いた。泣いたぼくを見て、お母さんも泣いた。なんでぼくが泣いたのか、おそらくわかっていないくせに、お母さんも泣いた。お母さんは基本的に、ぼくにはつねに、どこか申し訳ないとおもっているのだとおもう。しかしぼくはお母さんがおもっているよりもずっと、べつになんにもおもってない。お父さんがぼくのお父さんじゃなくてもいいし。セックスを見たって、一日くらいあれば笑い話にできるんだよ。だからそんなに過敏に、ぼくがかわいそうみたいな表情をしないでほしいんだよ。しかし絶え間なく、涙は流れつづける。どうしたものか。それは言葉なんかじゃ、どうにもならない問題でもあった。なんかとても奥底に潜んでいたようななにかが、わけのわからない感情となって、外に放出するような感覚。これが、反抗期。ぼくもついに反抗期というものに突入したのかもしれない。でも反抗期までの手続きみたいなものをぼくはまだ済ませていないようにおもう。まずは、まだ陰毛が生えていない。なので、脛毛《すねげ》も腋毛《わきげ》も生えていない。もちろん、まだ声も変わっていない。夢のなかで、女性に抱かれたこともない。手でしようとしたこともあったけど、何時間かがんばったけどできなかった。それには理由があった。クラスの男子たちがいじめている男の子がいて、かんざきくんっていう神社の息子なんだけど、かんざきくんがトイレで、男子たちに囲まれて、手でさせられているところを見てしまったことがあったのだ。あれは壮絶な光景だった。かんざきくんもかんざきくんで、嫌がればいいのにへらへらしていた。でもへらへらしなくちゃいけないんだとおもうし、たいへんなことだな、とおもった。あれを見てしまったことがあったから、ぼくはおそらく、どうがんばっても、あの光景につながってしまうから、勃起《ぼっき》もできなかった。けれども、こういった手続きなしに、反抗期というものが訪れたのかもしれない。反抗期。ぼくは泣いていた。とにかくムカついた。サッカーにもそうだけれど、お母さん。お母さんそのものが、もうムカついた。日曜日だった。つまりサッカー大会はとっくに終わっていて、もう秋も深くなっているころ。コートを着て外にでるひとも、たくさんいるような、そんな季節。お母さんは、ぼくにオフサイドなんちゃらの説明をしたのだった。そして、泣いたぼく。泣いたぼくを見て、泣いたお母さん。泣くふたりを見て、慌てる血のつながりのないお父さん。

「どうして泣いているのか、説明してごらん」

「それは無理だよ」

「無理じゃない、説明してごらん」

「そういうんじゃないから」

「そういうんじゃないって、なに」

「だからなんでもないって」

「なんでもないことないでしょう」

「お母さんも、たかちゃんも」

「なんだよ」

「落ち着いて、仲よくしようよ」

「しないよ」

「しないってなんなの、仲よくしなくちゃ家族じゃないでしょ」

「家族って、じゃあなんなんですか」

「家族は家族でしょうよ」

「お母さん」

「家族じゃないって言うの？　じゃあ」

「家族じゃねーだろうが、カス」

「カス」

「たかちゃんも」

「カスって言った、いま」

「いい加減にしなさい、ふたりとも」

「黙ってて」

「はい」

「泣いていることの説明を求めるなんて、それ自体が下品だよ、カス」

「たかちゃん」

「うるせーな」

「うるせー」

「ママ」

「ママ」

「うるせーって言ったね、いま」

「ママってなんだよ」

「パパは、お母さんのこと、ママって呼ぶときがあるの」

「パパ」

「わたしも、パパと呼ぶときがある」

「どっちかにしろよ」

「なんなの、その口調。いきなり」

「たこちゃん」

「は？」

「たこちゃん？」

「や、ごめん。たかちゃん」

「え、いま、たかちゃんをたこちゃんって言ったの」

「それはどうかしてるよ」

「ごめん、たかちゃん」

「もういいわ、そういうところだよ」

「そういうところって」

「そういうところ！　もうぜんぶ！　ぜんぶのことを言ってるの！」

「たかゆき！」

「死ね！　ふたりとも！　なんだよ、この環境！」

「たこちゃん！」

「出ていく！」


ぼくは、ひっくりかえした目玉焼きを、さらに手のなかでぐちゃっとやって、家族写真とか飾ってあるエリアに投げつけて、外へ出ようとして玄関へ向かった。お母さんが追ってくる。お父さんはおそらく、ぼくのことをたこちゃんって、しかも二回も呼んでしまったことで打ちひしがれている。


「小学生が、出ていくって。どこへ出ていくのよ」

「出ていく。もう我慢できない」

「きょうは、さんにんであたらしくできたＩＫＥＡに行こうって言ってたじゃない」

「ＩＫＥＡ、興味ないし」

「じゃあ、ちょっと待って。お金あげるから」

「お金」


ここで、言われたのだった。

「綿毛のような、髪型にしてください。いま、流行りの。そう言うのよ。そう言うと、きっと綿毛のような、髪型にしてくれるから。みんなといっしょの。はい、１５００円。これで、そうしてもらいなさい。あしたからまた、学校でしょう。きょうしかないわよ。綿毛のような、髪型にできるチャンスは。きょうしかない」

クソかとおもった。ぼくはサッカーに囚われているようなお母さんはいらない。お母さんはそんなんじゃなかった。たとえば、ぼくもなにかスポーツをしたほうがいい、みたいなことを家庭訪問のときに担任の先生に言われたときもはっきりと、たかちゃんはスポーツはやらなくていいとおもっています、わたしもほかの父母の方々みたいにスポーツに一生懸命になれないような気がしますし、そういうスポーツの輪のなかにはいっていけない気がするので、と言っていた。おもえば、お母さんのそういうところに、ぼくは安心していたようにおもうのだ。なのになんで、いまになって。サッカーにはまっているかんじとかだしてくるのだろう。やっぱりオトナは、いろんなことを忘れていく。コドモはなにもかも早い、だなんて言うけれど。逆だとおもう。オトナって、おそろしい速度で、変化をもとめ、まえへまえへ進んでいってしまう。ぼくはもうすこしここにいたくても、置いていかれてしまう。置いていっていることに、オトナはしかも気づいていないのだ。

気が重かった。ただでさえ、髪型を変えるなんてあんまりしたくないのに、綿毛のような、髪型なんて。髪を切ったつぎの日の学校はだれだって、なんとなく居心地が悪いに決まっている。なのに、ましてや、綿毛のような、だなんて。

そしてやっぱりさみしかった。どうして、お母さんはだれかに似せたなにかに、ぼくをしようとするのだろう。ぼくがぼくなのでは、ダメなのだろうか。流行りとは、そんなに大切なことなのだろうか。しかしぼくはそういえば、いじめられたことがない。どこをとっても、おそらくふつうなのだろう。ダサいと言われたこともない。かといって、目立つわけでもない。お母さんがそうしてくれているのだろうけれど、そういうことでクラスのなかではじかれている数人のなかには、ぼくははいっていないし、これからもはいらないだろう。トイレに連れていかれて、手でしろ、だなんて命令されることもないとおもう。というのは、ここまでお母さんの言うとおりにしてきたからなのだとおもう。それはたしかなことなのだとおもう。一度だけ、クラスの男子の何人かに「おまえの母さん、若くない？　やってみたいんだけど」とからかわれたことがあった。ぜんぜん悪い気がしなかったのはどうしてなのだろう。ひとつには、ぼくのお母さんはみんなのお母さんよりも若いという、それが事実、そうなのだろうな。とわかってきていたし。すこしその事実が誇らしくおもったのかもしれない。でもそう言われたとき、同時に。お母さんはじゃあ、ぼくのこと、何歳のときにつくったのだろう。ともおもった。つくったのだろうというか、つくったのだろうか、つくってないかもしれない。できただけかもしれない。おそらくたぶん、10代のときにぼくを孕《はら》んでいるはずなのだ。簡単に計算しても、そうなのだ。じゃあぼくだって、あと数年したら。というか、射精することが、ここ数年のうちにできたのなら。と、かんがえてしまう。お母さんはだから、その感覚を。いまのぼくの年齢から、数年先にいったところで、持っていたのかもしれない。そうかんがえると、お母さんってすごいとおもう。尊敬に値する。なんてことを、さっき言ってしまったのだろう。カスとか、死ねとか。いまごろ、ＩＫＥＡにいるのだろう、あのふたり。ソファを買い替えたいらしい。あのふたりはきっと、ソファでするのが好きなんだとおもう。あの日、リビングできっとソファでしていたとおもう。それを買い替えるのだ。ＩＫＥＡであたらしくしたソファで、もうひとりつくるのかもしれない。できるのかもしれない。そしたら、ぼく以外は家族だね。ぼくはほんとうのところ、完全なる家族ではない。そのあたらしい家族、三人はそのソファで、サッカー観戦でもするのだろうな。ルールはああだとか、あいつはああだとか。ポップコーンでも食べながら。お母さん自慢のサングリアでも飲みながら。「子どもでも飲めるサングリアをつくったのよ」なんて言いながら微笑《ほほえ》む、お母さんが想像できるよ。うーんと、つまりだ。ぼくなんかいらなかったのかもしれないよね。いらなかったんだよ、ほんとうに。

「綿毛のような、髪型にしてください。いま、流行りの」

「ほんとうにいいのかい？」

「はい、ほんとうに。お母さんが言うことに従っていたら、いじめられることもないんですよ」

「へえ」

「ぼくがしたい髪型なんてありませんし。髪型以外にも、こうしたいだなんてこと、ないので」

「そうなんだね」

「では、お願いします。綿毛のような」

§

朝から、目がごろごろするのが気になっていた。鏡を見ると、右目だけかなり充血している。しかし痒《かゆ》いとかそういうのはない。なんだろう。なんかあったかな。まあいいや。ちなみに、首のところ、一点だけちいさく赤くなっている。これもなんだっけ。まあいいや。


ぼくは、絵を描いている。まだこれで食っていけるかわからないけれど、とにかく絵を描いている。

まだ何枚かしか、じぶんの絵を売ったことがない。

気にいってくれたひとのもとへ、正しく届いてほしいだなんておもっていたころもあったけれど。

いまは、なんだっていい。

だれにでもいいから、売れてくれとマジでおもっている。(――髭《ひげ》を剃《そ》りながら)

きょうも話し合いをしに、彼女の部屋まで行かなくてはいけない。

うーん、とにかく面倒くさい。

三年も、付き合ったけれど。

やはり彼女は、ふつうの感覚の持ち主。

ふつうのかんじに過ぎないのだ。(――靴《くつ》を履きながら)

「死ぬか、わたしが死ぬか、選べ」

「え、え、ちょ、それは、それは」

彼女がぼくに包丁を向けて、なにか言っている。けれども、なんていうか、それどころではなかった。なんだか、視界が。赤いのだった。右目だけだった充血が、左も。もう赤くなってきている。

「あれ。あれれ。あれれれれ。あ」

「じゃあ、死にます。さようなら」

気がつけば、血まみれの彼女。えっと、いや、これはぼくの視界が赤いから？　なのかな。どうして、こんなにも赤いのだろう。そういえば、昨夜のこと。首のあたりを蚊に刺されたのを思い出した。なんだか落ち着かなくて、深夜に散歩したときのことだった。スマートフォンで、ボールを動物に投げつけて捕獲するゲームをしながら、杉並区を歩き回っていた。そのときに、蚊に刺されたのだった。もう駆除されたと聞いていたのに。どうしてまだ蚊なんているのだろうと、おもっただけだった。そのときは。しかしこれって、まさか。

「ああああ、蚊のせいだったかあ」
「えーーーーーーーーーー」

頭が爆発しそうなくらい熱い。熱すぎる。もうじぶんがどこにいるのかわからない。真っ赤な液体のなかに、ただひたすら浮かんでいるようなかんじがする。しかも溺《おぼ》れている。これはあきらかに溺れている。聴いたこともないような、おしゃれな音楽が聴こえてきた。もちろん、彼女なんて、もうどこにも見えないし。というか、だれとぼくは話していたのだっけ。だれなんだっけ。それもそうだけど、じゃあぼくってだれだったんだっけ。

とても高いところをただただ、浮かんでいるような気がしている。けれども、なんにも見えない。

§

秋まで生き残った蚊はとても手強いことは知っていた。けれども、こんなにも手強かったとは。

けれども、蚊たちは忘れていたことがひとつだけあった。蚊取り線香のことだった。蚊取り線香をもくもくと焚きながら、人間たちは迫ってくる。

蚊たちはつぎつぎと抹殺されたり、生け捕りにされたり。

けっきょくは、人間たちの勝利だった。(——と、おもいきや)

ある夜のこと。一匹の生き残り。瀕死《ひんし》の蚊が、さいごのちからを振り絞って。スマートフォン片手に夜道を歩いている男の首を、貫通した。翌日、男は風船となって、果てしなく秋空へ飛んで行ってしまうだろう。

§

——男は、とても高いところをただただ、浮かんでいるような気がしている。

——けれども、なんにも見えない。

——聴いたこともないような、おしゃれな音楽が聴こえてきた。

——ここは、いつだかのレストラン。

先輩　「二日目のピザって食べたことある?」
後輩　「や、ないですけど。そもそもなんですか、二日目のピザって」
先輩　「宅配ピザ、あるでしょ。おれは、届いたピザ。そのとき食べないで」
後輩　「そのとき食べないで」
先輩　「そのまま冷蔵庫にしまっておきたいくらいなんだよね」
後輩　「なんですか、それ」
先輩　「翌日、焼くんだよ。オーブンで。それが美味いんだよ」
後輩　「美味いとおもえないんですけど」
先輩　「美味いんだよ。一回死ぬんだよ。ピザが。冷蔵庫のなかで」
後輩　「なに言ってるんですか」
先輩　「パン生地も、のってる具もすべて一回死ぬんだよ。それを焼くんだよ」
後輩　「復活するんですか」
先輩　「いや、しないんだよ」

後輩　「あ、しないんですか」
先輩　「死んだまま、焼かれるだけなんだけど。それが美味いんだよ」
後輩　「ぜんぜん美味いとおもえないんですけど」

——照明の当たるテーブルが変わる。

彼氏　「どうする？　デザートは」
彼女　「ビーガンアップルパイと、ダッチアップルパイがあって。どっちにしようかな」
彼氏　「ピーカンナッツパイもあるよ」
彼女　「わたしあれなんだよな、アップルパイ。年がら年中、食べたいんだよな」
彼氏　「うーん、いいね。そういうの」
彼女　「そしてわたし、モヒートコーヒーにしたい」
彼氏　「えー、なにそれ。どういうの」
彼女　「あまいんだけど、すっきりしてるんだよね。ミントだからさあ」
彼氏　「ミントなんて、育ててるくらい好きだからな」
彼女　「育ててるんだ」

彼氏　「ペパーミントってほんとつよい。雑草くらいつよい」
彼女　「そうなんだね」
彼氏　「なんにもしなくても増えつづけるしね」

間。

彼氏　「そういえば、君。ぼくの部屋に来たことなかったね」

暗転。
そして、明転。

――レストランのロビーにて。
――陽気だとおもいきや、じつは陰気なフォークギターを弾いているお兄さん。

ぼく　「なんなんだよ、まったく」
彼女　「たしかに」

ぼく　「べつに祝いたくもない他人の」
彼女　「うん」
ぼく　「ハッピーバースデイがいきなりはじまるくらい、不快だぜ」
彼女　「それにしてもでたらめなギター」
ぼく　「くたばりやがれ」

——ぼくにだけ、照明が当たる。
——男は上空にて。
——ぼくとじぶんを重ねている。

男　「ぼくたちは、三年。付き合った。三年目の、なにかお祝いみたいなそんなことするタイプのぼくたちではないので、そんなつもりはないのだけれど。でも、三年くらい経つね、みたいなはなしをしたのだった」

——なので、レストランへやってきた。
——すこし高めの。半年に一回、来るくらいのレストラン。
——男は上空にて。

——いつだかのことを思い出しながら、泣いている。

——ホリゾントには、嘘みたいな秋空。

§

ぼくは眠ってしまっていた。散髪が終わるまでのあいだ、ずっと寝ていたようだ。起こされて。1500円払って。帰宅すると、ソファはあたらしくなっていた。いいじゃん、このソファ。ふわふわじゃん。座っていると、背後から悲鳴が聞こえる。お母さんの声だ。どうしたのだろう、台所でなんか割ったりしたのかな。

「どうしたの、たかゆき」

お母さんはそう言った。どうしたの、ってなんのことだろう。ベランダの植物に水をあげていたのだろう、お父さんが。部屋に戻ってくる。お父さんも、悲鳴をあげて。しかしなにも言えない様子である。いったい、どうしたのだろう、ふたりとも。部屋に風が吹きこんでくる。頭皮の、ある部分からおおきくなにかが抜けていったのがわかった。それと同時に、なにか大切なことを忘れてしまった感触があった。ふたりの悲鳴が、もう一度聞こえる。もういっぽん、頭皮から。つぎはひとの名前を、記憶している場所かもしれない。ベランダから吹きこんでくる風とともに、消え去っていく記憶。そう、ぼくの記憶は、綿毛のように、吹き飛んでいくのだった。目のまえにいる、このふたりは、だれだったっけか。ぼくにとって、だれだったっけか。

この髪型の人気選手は現在、再起不能らしい。原因は不明。けれども、もう二度とサッカーをすることができないというのだ。綿毛のような、髪型を普及させた張本人は、もうひとびとのまえに現れることはないのに、その髪型だけは流行りつづけている。

§

あのひとが上空に浮かんでいってしまって、血まみれのわたしはとてもかわいいクアッカワラビーとふたりきりで、半壊した部屋に佇《たたず》んでいる。クアッカワラビーがすてきな笑顔でわたしに微笑みかけるのだった。

「まっさーじ、しましょうか」
「え、いいの」
「わたし、まっさーじのめんきょ、もってるんですよ」
「わあお、すごいね」
「ほんとうは、にんげんにふれるのも、ふれられるのも、いけないことなんですけどね」
「そ、そうなんだね、じゃあたいへんだね」
「まあ、たいへんだなんていってられませんよ」
「えらい」
「さあさあ、よこになって」

クアッカワラビーはとてつもなくマッサージが上手《うま》かった。おそろしいほど、上手かった。一生懸命、わたしの背中にのぼったりおりたりしながら、くまなくマッサージしてくれている。だれよりも上手いよ。ひとのからだに触れるのが。うれしいよ、タイミング的にも。うーん、でもすっきりしたよ。きょうという日はいろいろあったけれど。気温もちょうどいいし。天井もなくなった。これこそ、秋ですね。すこし眠ろう。このまま眠ってしまって、起きなくていいくらい。寝てしまおう。ありがとう、おやすみなさい。クアッカワラビー。

§

「どうやって落とすの、これ」
「自然と、いつか落ちてくよ」

紺色が、徐々に剝がれ落ちていく様子。

「それで、わたしたち。いつ、どこで、会ったこと。あったんでしたっけ」

「え」

「わたし、思い出せなくて」

車を降りると、そこは。明け方の海。

埋め立てられたような、人工的な海。

紺色だった夜。朝日によるピンク色。

「そうか、お姉ちゃんはもう。わたしのこと、憶えていないか」

ひとつ、風船が浮かんでいるのが見える。

どこまでもゆっくり昇っていくようなかんじで。

(――わたしの耳は真空状態。もう、なにも聴こえない)

このなんともない風景を目に焼きつけておきたいとおもうと、涙がでてくる。
わたしだけじゃない。忘れてしまうのは。
わたしたちは、忘れてしまう。

(――ここは海だというのに。波の音だって聴こえない)

異様な速度で。なにもかも、さっきのことだって、忘れてしまう。
この町に住む、すべてのひとは。これから先、なにもかも忘れてしまうらしい。
そういうことになっているらしい。

(――わたしは、お姉ちゃんの手を握った)

秋とは、そういう季節らしい。

(――もう離さないようにしようとおもう)

綿毛が飛んでいるのが見える。
あのひとつひとつにも記憶が。

§

かんざきくんっていう神社の息子が町を歩いている。かんざきくんがどこへ向かっているかだなんて。だれも知らないし、知ろうともしない。けれども、あきらかなことがあった。かんざきくんは、この世界のことが嫌いだった。とことん嫌いだった。もう、なんにも望みなんて無いとおもっていた。かんざきくんはだれもが知っているとおもうのだけれど、いじめられていた。母親のパンツを穿《は》いて、登校するように命じられたり、トイレで自慰《じい》行為を強要されたり。しかしかんざきくんはいつも笑っていた。泣いたりしたら殴《なぐ》られるどころか、立てなくなるまでなにかされそうで、こわかったからだ。いつだったか、そいつらに復讐《ふくしゅう》しようとおもって、ナイフをお年玉で買ったりしたけれど、じぶんにはできないような気がしたのだった。だれかを刺したりとか、そういうのは。そんなことを仮にしてしまったら、家族はどうおもうだろう。かなしいかもしれない。そんなことは、かんざきくんにはできなかった。だからといって、いじめはエスカレートするばかりだった。そんなかんざきくんが、町を歩いている。綿毛が舞う町を、まっすぐ歩いている。どこへ向かっているか。だれも知らない。知ろうともしない。興味もない。たとえ、かんざきくんがこのあとビルの屋上へのぼって、飛び降りて死んでしまっても。迷惑がられるだけだろう。かんざきくんは知っていた。自殺したって、それだって家族がかなしむだけ。それはダメだってことを。かんざきくんは知っていた。なにもなかったかのように、じぶんのなかにだけとどめて、順調に成長していくのを、家族には見せなくてはいけない。嫌いでしょうがないこんな世界のことも、いつかは好きにならなくてはいけない。かんざきくんは、わかっていた。もう、なんにも望みなんて無いけれど。生きることをやめたり、そういうのはよくない。かなしむひとがいなくたって、そういうのはよくないのだ。かんざきくんは、なぜだか知っていた。わかっていた。だから死ぬことも、殺《あや》めることもせずに。ただただ、町を歩いていた。風船がひとつ、飛んでいくのも見えた。秋だとおもった。どこからか美味そうな匂いもする。こんなにつらいのに、なんで腹はすくのだろうとつらかった。つらかった。つらかった。つらかった。かんざきくんは、つらかった。でも泣かなかった。泣いていてはダメだった。泣かない。泣かないけれど、つらかった。ただ、それだけだった。こんな世界。こんな世界と、おもうけれど。こんな世界でも、世界はひとつしかなかった。ほかの世界はどこにもないのだった。そのことも、かんざきくんは知っていた。なぜだか、かんざきくんは知っていたのだった。知らなくてもいいようなことまで、かんざきくんは知っていた。歩いていたかんざきくんは、町のどまんなかに立ち止まって。とにかく笑った。笑った。

なんて曖昧《あいまい》な、季節なのだろう。
部屋中に飛散してしまった綿毛。
綿毛とは、すなわち息子の記憶。
息子の記憶を、拾い集めている。

§

たかゆきには、もう顔もない。頭もなくなってしまった。つまりすべて風に飛ばされてしまったのだった。顔も頭もない、そんな状態で、あたらしいソファに腰をおろしている。もうぴくりとも動かない。たかゆきの人生とは、じゃあどういうものだったのだろう。わたしもたかゆきの父親のことは、ほとんど知らない。一晩をともにしただけだったから。あれから、ここまでずっと、たかゆきには。たかゆきという存在には、曖昧な態度をとりつづけてきたようにおもう。愛せなかったときも、もちろんあった。ごめんね、ともおもう。ありがとう、とも。そして、おつかれさま。ともおもうのだった。なんて最悪な、母親なのだろう。わたしは。
けれども、わたしは。こんどまた。こんどこそまた、母親になれるのなら。もうすこし、ちゃんとやれる母親になりたいとおもっている。たかゆきを経てみて、おもったこともたくさんある。顔も頭もない、たかゆき。

「ごめんね。ありがとう。おつかれさま」

風が吹きぬける。もう、綿毛は飛ばない。

秋らしい、秋でしかない、つぎの季節へ向けて、渇きはじめている風。

「そして、さようなら」

冬毛にうずめる

待ちに待った、冬毛です。見事に生え変わった、冬毛ですよ。一年という時間をかけて、今年も冬毛が帰ってきました。都会ではこんな贅沢《ぜいたく》な冬毛、なかなか味わえないですよね。よっぽど水が、そして土が豊かなのでしょう。澄んだ、この空気のなかで。見渡すかぎりの、冬毛。冬毛。いかがでしょう。とてつもなくうつくしい風景だとおもいませんか。まるで雪が積もったような、真っ白な冬毛。感動的、ですよね。年々、人気が増してきている、みなさんもご存じ。冬毛です。特に今年の冬毛は例年とちがう点がおおいみたいです。では、どうちがうというのでしょうか。わたしのような者には、見分けがつきませんが。と、いうわけで。ここで、ゲストの方にお越しいただいています。冬毛農家で冬毛づくりのスペシャリスト、小暮《こぐれ》さんです。

「どうも、おはようございます。小暮です」

小暮さん。まだお若いんですね。じつはこの小暮さん、みなさんがご覧になっているこの三六〇度、ぐるりの冬毛畑を品質改良ののち、また一から生産をし直したということで、日本のみならず世界からも注目されている、現在、業界のホープとして注目されているお方なのです。こう言ってはなんですが、しかも初対面の方なのに大変失礼いたしますが、聞いちゃいます。小暮さん、いまいったい、おいくつなのでしょう。

「33っすね」

お若い。見た目よりも。だいぶ。いや、あの、失礼しました。あはは。それで、代々、もう冬毛をつくっていらっしゃるのですよね。それはいつごろから。

「祖父の代から、ですかね」

おじいさまの代から。ということは、小暮さんで三代目ということで。いまや、さまざまな分野からもたいへんな注目と関心を集めている冬毛界、というわけですが。おじいさまからおとうさま、そして小暮さんへと受け継がれてきたものとはどういうものなのでしょう。

「とくにないっすね」

ない。

「はい、ないっす。ぜんぜんやってることが、ちがうんで。親父と」

ああ、そうなんですね。なるほど。そんなおとうさまですが、五年前に他界されたそうで。なので、そのあとから、小暮さん。ということで。小暮さんになってから、急速に冬毛が全国的にひろまっていった、ということですが。おとうさまに伝えたいことなど、ありますでしょうか。

「いや、それもないですね。特に」

えっと。そういった決意で、独自の観点でこれまでの製法を一新して業界をリードしつづけている小暮さんですが、はい。どうでしょう。ためしに触ってみましょうか。冬毛を。さっそくですが、せっかくなので。さて、どの冬毛にしましょう。たくさんありますからね。数えきれないくらい。贅沢なはなしですよね。こうして冬毛を「どれにしようかな」と選ぶことができるなんて。うーんと、じつはわたし、冬毛を触るのがきょうがはじめてなんですよ。だから、緊張しております。はじめての方は、気をつけましょう。なんて。

「やー、でもほんとうに気をつけてください。今年のは」

今年の冬毛は、静電気がすごいんですよね。

「場合によっては、火傷《やけど》をしてしまうほどなので」

そんなおもいをしてまで触りたくなる冬毛の魅力ってなんなのでしょう。すばらしいですよね、いまの時代。手触りとか、感触とか。そういうものが失われているようなこんな時代に、このなんとも言えない冬毛の出現。引き込まれてしまいますよね。まず従来の冬毛と比べて、ひとたまがおおきいようにおもうのですが、そのへんはどうなんでしょう。

「や、おおきいですね。見てのとおり。こんなにおおきい冬毛は、なかったとおもいます。握りこぶしくらいありますからね」

たしかに、それくらいはありそうです。そのへんも例年とはちがう点のひとつということで。

「それとやっぱり、おおきくは性能でしょうね」

性能。

「はい。冬毛はこのさき、燃料としても活用される可能性があると言われています。静電気、というか電気なんですね。冬毛のなかで自然と発電しているんです。小型トラックが動いたという検証結果もあります。冬毛をもとめて、とおくからやってくるひともいるんですよ。海外からの注文も、さいきんでは増えていますしね」

あ。渡り鳥。渡り鳥ですよね、あれって。どっちへ行くの？　あっち？　こっち？　うーん、気持ちいい。わたし、今朝、早起きだったんですけど。まあ、そりゃそうか、ってかんじですよね。この時間に、ここにいるということは。こんな季節でしょう。お布団から出るのがつらい季節なのでね。早朝ロケ、きついなー、っておもうんですけど。

でも、来れてよかった。こんな神秘的な風景。いやいや、浸っている場合じゃありませんね。時間も。あ、そろそろですか。はーい、じゃあ。触れてみましょうかね。今年の冬毛に。

「ぜひ」

わたしがはじめてなんじゃないですか、今年。わあ。繊細《せんさい》な冬毛ですね。触れると壊れてしまうんじゃないか、ってくらい。わたしのような者が、触れてしまっていいのでしょうか。だれかに怒られちゃうんじゃないかなあ。

「あ、あ。気をつけて」

はーい。もう、手で触れるだけじゃなくて、飛びこんじゃいたいくらいですね。

「や、や。そうじゃなくて。ゴム手袋を」

え。

バチン。

§

ぼくはたとえばこうおもっている。ぼくとはなしをしているのはほんとうに彼女ひとりなのだろうか。べつに彼女にたいして、彼女にとってのはじめてがすべてぼくであってほしかった、みたいなことをのぞんでいるわけではない。ないのだけれど、果たして彼女はほんとうにひとりなのだろうか。彼女とは付き合いはじめてから（付き合いはじめたきっかけとかそういうのは曖昧《あいまい》だから、どこから付き合いはじめたかというのはわかっていないけれど）半年くらい経った。そして現在、まあ言ってしまえば別れるかどうかの危機に直面しているのであった。

昨夜のこと。彼女はぼくのアパートにやってきた。

「小雨だね」

「うん、こんなに寒いのに」

「雪はまだ降らないのだね」

「でしょうね。降るとしても年に一度くらいでしょ」

「そうだよね」

「だから、小雨だということは不思議ではないよ」

「うん、不思議かどうかとか、そういうことが言いたいわけではないよ」

「言いたい、言いたくない、言った、言わないのはなしじゃないじゃん」

「でもなんなの、小雨かどうかのはなしをしただけなのに、なんなのよ」

「なんなのよ？」

「小雨だね、そうだね、寒かった？　ううんそんなに」

「は？」

「くらいでいいでしょ。それくらいで済まないのはなんでなの」

「なんででしょう」

「いちいちさあ」


もうなんでも。どんな些細《ささい》なことでも、つっかかってしまう。ぼくもぼく自身がどうしてそんな風に言ったり言い返したりしてしまうんだろう、とおもうくらい。しかし違和感の正体のことはなんとなく、なんなのかわかっていた。ほんとうに彼女はひとりなのだろうか。彼女は彼女の言葉で、ぼくと関わっているのだろうか。過去にだれかに言われた言葉や、過去にだれかと議論した言葉を、もしかしたらぼくにつかっているのかもしれない。それはなんだか許せなかった。そうかんがえだすともう、きりがないのだ。その靴《くつ》はいつ買った靴なのか。自分で買ったものなのか。もしくは、自分で買ったのだとしても過去にだれかに、その靴のことを褒《ほ》められたりしていないだろうか。髪型は？そういう見たかんじのことは表層的なことだしいいのだとしても、あなたが良いとおもって聴いている音楽を、それをぼくに勧めたりしてくるけど、それはあなたがあなたの耳で発見した音楽なのですか。音のこととかは耐えられないよ。このバンドのライブに行ったことがあってさあ、なんてよく話すけれど、それはひとりで行ったのですか。ひとりでライブとか映画とかに行けるタイプじゃないよなあ、とますますさいきんはおもってしまうのだけれど。あとそれと、パン屋とかもなんなの。パン屋とか、自分で見つけてくるかんじに見えないんだけど。なんでパンに詳しいの。杉並区のパン屋、どんだけ知ってんの。そしてあなた、ほんとうにパンをおいしいものとして食べはじめたのって、ここ数年くらいのはなしでしょ。以前は興味なかったとおもうんだよ、パンのことなんか。つまりだよ。パンとかさあ、ヨラテンゴとか。そういうのは、まえのひとの趣味でしょ。そのひとの趣味を受け継いで、しかもさらに現在、ぼくにもそれを引き継がせようとするのはなんでなの。パンもヨラテンゴも、あなたに言われなくても、いつか自然と発見しますよ。自分で。だから放っておいてほしいよ。なので、おもうのは。あなたはほんとうにひとりですか。そして、ぼくにだれかを重ねようとしていないですか。

ぼくらは純粋にふたりっきりなのでしょうか。何人か、はいっちゃっていませんか。成分として、おかしくないですか。はあ、とてもムカつくよ。そんな雨を弾《はじ》くみたいなコート、持っていたんだね。それもいつどこでだれと買ったんですか。笑ってたんだろ？笑ってたんだろ？　笑ってたんだろ？　ぼくと出会うまえに、ぼくじゃないだれかと。笑って、それを選んでたんだろ。聴いてたんだろ。食べてたんだろ。おいしそうに。

まあ、おもっていても言えないことってたくさんある。ぼくだけを見て、みたいなことも言ったところで敗北感しか残らないだろうから、言わないし、言えない。しかしでも、やっぱりおもってしまっていることはたしかだから、漠然としたイライラをなんとなく伝わるかんじで表現してしまう。お茶だ。お茶を淹《い》れよう。

「お茶を飲もう、なににする？」

「ルイボスティー」

「え、ごめん。ルイボスティーはないや」

「あ、そう」

「ごめん」

「ならいいや」

ルイボスティー。ルイボスティーが飲みたいってなんだろう。いや、というかルイボスティー、と咄嗟《とっさ》にそれがでてくるってなんだろう。やっぱりひとりじゃない気がする。だれかとの記憶のなかを彼女は未だに生きているにちがいない。なんだとおもってるんだ。クソ。お茶を淹れようと立ち上がったぼくは、台所へは行かずに、またその場に座って。そのあとひととおり、ぼくと彼女は言える範囲でお互いの不満を述べあったのだけれど、くどくどと一時間くらい経ったあたりで、彼女は急に立ちあがって、玄関のほうへ向かっていった。

「え、なになになになに」

そして彼女は玄関に置いてあるぼくの靴という靴をすべて蹴散らして、扉をひたすら殴《なぐ》りはじめた。

「ちょ、なになになんなの」

彼女はうめくような声で泣き叫んだ。もう我慢の限界なのだろう。ぼくらは現在、なにもかもかみ合っていない。すれちがうなんていうのを越えてしまっている。かみ合っていない。なにを言っても返答にも意見にもなっていない。けれども、あの殴るのだけは止めなくては。扉はまだしも、彼女が壊れてしまう。ぼくは、彼女のその行為を止めるべく、玄関へ向かって。彼女の両腕をつかんだ。

「やめなよ。なにしてるの」

けれども、彼女は暴れるのを止めようとしない。両腕をつかまれた彼女は、ぼくに膝《ひざ》蹴《げ》りを喰らわせようと必死になりはじめた。なんだこいつ。もう暴れるだけ暴れるつもりだな。

「それはやるだけ無駄だとおもう。無駄だとおもうよ」

「無駄ってなんだよ。この野郎」

この野郎、の野郎っていうのはぼくのことだろうか。その一言に、なんだかとてつもなくムカついてしまって。カッと、怒りがこみあげてきてしまった瞬間。彼女の両腕をつかんでいたぼくの両手は、ほんとうにぼくの意思であぁ動いたのかは信じられないのだけれど、ものすごい速さで、左のほうへフルスイング。速度が伴ったちからそのものが、ぐりゅんと作用してしまったようで、40キロくらいしかない彼女のほそい身体はシンクのほうへ、嘘《うそ》だろってくらいぶっ飛んで行ってしまい、彼女はそのままガスコンロの角に後頭部をぶつけて、そこからはスローモーション。床へゆっくりと倒れこんだ彼女は、もう動かなかった。どくどくと流血して、床を染めていくわけだけれど、それは動かない彼女の後頭部からだろう。やってしまった。ぼくはついにやってしまった。ひとを、殺《あや》めてしまった。その自覚と同時に頭のなかをよぎったのは、やはり実家の両親の表情だった。哀れな目で、ぼくを見つめている。なんてことだ。うなだれる。そう、そのままの姿勢で朝を迎えてしまった、現在。ほんとうに彼女はひとりだったのだろうか。悪夢のような夜を越えて。やっとぼくは動き出して、リモコンを拾って、テレビをつける。北関東あたりの風景だろうか。真っ白な畑が広がっている。リポーターの女性が、農業を営んでいるような格好の男性にマイクを向けて話している。

「どうでもいいな」

テレビから視線を落とすと、彼女が持ってきた鞄《かばん》が見えた。鞄。もう死んだひとの鞄。生きていたときは、なにがはいっているかとか、興味がないどころか意識したこともなかったことに気づかされる。すなわち、死んでしまった現在、どうしてか鞄のなかになにがはいっているか気になってしまう。なにがはいっているのだろう。彼女の鞄のチャックを開けてみる。

「ん。なんだこれ」

ボールのようなものが、三つはいっている。それ以外はなんにもはいっていないらしい。

「ん」

手にとってみる。ゴム素材のようなかんじで、まるで水をいれて膨《ふく》らます水風船のように入り口らしき結び目が見てとれる。というか、これは。えっと。コンドームじゃないか。うすいピンク色。この素材。コンドームだ、これは。コンドームのなかに、えっと。ん。綿のような、おそらく白い毛？　が詰められている。コンドームでつくられた謎《なぞ》の球体。天井のほうに、ポーンと投げてみる。

バチン。

テレビのなかの音声か。一瞬、なにかが破裂した。そして、すこし間があってから、悲鳴が聞こえたような気がした。なんだろう。画面が、すぐさま砂嵐に切り替わったのを確認するやいなや、ぼくの手もとに落下して、戻ってきた謎の球体。

バチン。

§

いつもどおりの路地を歩いている。毎朝、この路地を通って、わたしは登校している。寄り道はあんまりしない。したことがない。用事があるならするけれど。用事もないから、ほとんどしない。決められたことが、わたしは嫌ではない。あえて、ちがう道を歩いてみるとか、みんなとはちがうことをかんがえてみるとか、ひとと自分はちがうから、とか。そういうのは、わたしは疲れてしまう。できるだけおなじがいい。おなじのほうが、楽だし。気をつかわなくて済むことを、わたしは知っていた。髪型にはこだわりがある。しかしそのこだわりとは、ひとととちがうこだわりではない。ひとととおなじようにするこだわりである。クラスのなかで、浮かないほうがいい。だから、たとえばテレビに出ているひとたちみたいな、流行《はや》りのかんじにしすぎるのもよくない。校則のぎりぎりのところを攻めたりとかもしたくない。まるっきり校則のなかにおさまっていたほうが、あとあとめんどくさいことにならないし。わたしはルールが好きなのかもしれない。それに従って生きていくことの気持ちよさ。先生のことをみんなはバカにするけれど、わたしはバカにするその時間が不毛だとおもう。だってわたしたちがなにを言ったって、先生たちというのはすくなくとも一年間は担任だったりするわけだし、できるだけ平和に済ませたほうがいいとおもうのだ。先生たちはルールだ。ルールを決めてくれる。とても便利なひとたちだ。そして卒業さえしてしまえば、もう会うこともないようなひとたちだ。そういう存在に反抗という名の壮絶な感情を抱いたってしょうがないとおもうのだ。円形脱毛症がどんどんひどくなっていく先生がいる。あの先生はおそらくだれか数人にいじめられているとおもうのだけれど、先生も先生だとおもう。だって先生といえども、ただの担任にすぎないのだから、そんな生徒のことなんか無視してしまえばいいとおもうのだ。けれども、それができないのだろうから、厄介なのだとおもう。わたしが先生なら、無視できてしまうとおもう。がんばってしまうからいけないんだよ。なんでだれかのことで悩むんだよ。悩む必要なんてないはず。ひとなんて、所詮《しょせん》ひとりなんだから、だれかに一生懸命にならなくていい。ルールとかそういうのに則って、ふつうに生きていれば、だれかになにかを指摘されたりとかもしない。

クラスのなかに声がおおきい子がいる。リーダー気質で、学園祭とか体育祭のときはみんなに慕われる。いつもがむしゃら。いじめも、率先しておこなっている。彼女にいじめられて不登校になってしまった子は数知れない。けれども、わたしはだいぶまえから気がついていることがある。彼女の息はとても臭い。クラスの何人かもじつは気づいていて、彼女が登校するまえに、そのことを話題にして笑っているのを聞いてしまったことがあった。しかしわたしはいっしょになって笑ったりはしない。気がついていることがあっても、気がつかないようにしている。おそらく彼女はちかぢか、いじめる立場からいじめられる立場に転落するだろう。目立ちすぎたからだ。目立つ人間は、目立つことに精いっぱいで、肝心なところに気を配れなくなってしまう。つまり無自覚なことがおおいということは、ルールを見失っているということ。わたしはつねに、自分にたいして客観的視点を持っていたい。つねに自分と世界は、現実的にいま、どういう状態か。どういうバランスか。知っていたいのだ。知ったうえで、つねにちょうどいいところで生きていたい。だれに指摘されるわけでもなく、だれかに指摘することもない。そうするとひとりでいいのだ。親にとってもわたしは、いい子でもわるい子でもない。ふつうの子だ。なんの変哲もない。自分たちが子どもだったころと比べられることもない。アレルギーとかもなくていい。迷惑もかけたくないし、かけられたくない。親も先生も友だちも、わたしにとっては決められた限りのある時間のなかで、一時的に関わるひとでしかなくて、なんにも特別じゃない。そう。わたしはひとりだ。いつだって、ひとり。

完ぺきにひとりでありたい。さみしかったり、かなしかったり、たのしかったり。そんなの時間の無駄だ。そんなわたしが、いつもの路地を歩いている。毎朝、この路地を通って、わたしは登校している。居酒屋の店員のお姉さんが、お店のまえを片づけている。わたしは、それを横目に。

§

もう四日連続で、朝までだ。三日目に、すなわちきのう、代わりにはいってあげたのがわるかった。去年とかは四連勤なんてどうってことなかったのに。しかしこれは体力だけの問題なのだろうか。それだけではないとおもう。やっぱりわたしは、うすうす気がついていたのだけれど、ひとところにそんなに長いこと、関係していられないのかもしれない。というのは、なにか特別、このことがストレスだったとか、なにか決定的なことを言われてしまったみたいな、そういうのはない。でもなんだろう、じょじょに蓄積していくものがあるのだろうか。たとえば、店長。とても、いいひとだ。将来はじぶんでお店を持ちたいらしいし、クレームを言うような激しめのお客がいたのだとして、その厄介さをバイトに任せて逃げたりはしないで、きちんと対応してくれる。出身は九州で、筋を通すみたいなかんじだ（九州、関係あるのかはけっきょくのところ、わからないのだけれど）。店長といると、はなしが途切れない。店長なんて、週六で働いているのにどうしてそんなに話題が絶えないのだろう。朝帰って寝るまでに見る、朝の情報番組くらいしか、彼がインプットするものなんてないはずなのに。一度だけ、彼にわたしは異性を見る目で見られたような気がしたことがあった。あれはやっぱりある朝だった。もうひとりのバイトの子は、具合が悪くて早退してしまって、閉店してからの作業を店長とふたりでしているときだった。わたしがレジ閉めをしているときに、店長はわたしのとなりにいた。そのときに妙な時間が流れたのがわかった。なにか言われたわけでも、なにかされたわけでもない。でも、それはわたしへの矢印がなくちゃあ、あり得ない時間だったのはたしかなのだ。しいて言うならば、いつもだったら見ないようなわたしのどこかを、あの時間、店長は見ていたような気がした。でもなんていうか、こういうのってだれかに伝えようとしても伝わらないはなしなんだとおもう。だって、あのとき、妙な時間が流れたんだよね。って言ったところで、それはかんがえすぎなんじゃないの、とか。自意識過剰すぎるよ、みたいな。そういうツッコミをいれられるだけなんだとおもう。でも、たしかなことってあるのだ。自分にしかわからないレベルなのかもしれないけれど、気配というか。予感もそうだけれど、わたしがそうおもったことって、相手もそうおもっているような気がしてならない。店長のあの日の視線を、思い出すと。

それともうひとつ。目の見えないひとが、こないだ来店したときのこと。そのひとは、数人のうちのひとりなのだけれど、そのひと以外のほかのひとたちは目が見えている。

トイレに行きたいので誘導してくれと呼びだされて、わたしが彼をトイレまで誘導したのだった。店員のわたしが誘導するとわかると、彼はステッキを席に置きっぱなしにしたのをわたしは見ていた。そして気がついた。彼の手を握ったときに。彼はわたしのこと、女性なのだとわかっている。女性のわたしが、彼をトイレまで誘導する。そのことを彼は、わかっている以上にわかっている。嫌な予感がした。トイレまでの数メートルのあいだで、わたしはいざというときに彼からどう逃げようか、かんがえを巡らせた。彼の手からわたしの手へと伝わる体温というか、湿度。案の定、トイレの入り口まで案内すると、男性トイレのなかにわたしにもはいってきてほしいと頼まれたのだった。それはできません、ここで待っていいます、と断っても、でもトイレのなかがどうなっているかとかそういうのももちろん見えないので、なんて言って何度も頼まれる。見えないのはもちろんわかっているけれど、それはほんとうにふつうに危ない。彼と同席していたひとたちのところへなんとか戻って、どうしたらいいか尋ねてみても、え。どうして？　それは店員がやってよ、みたいな態度で。しかしわたしはそれはできないです、という風に押し問答があった末、まあいいや。めんどくさいなあ、というような雰囲気のなか、そのなかのひとりが席を立ってトイレへ向かった。わたしはこわくてしょうがなかった。彼も。そして彼らも。さらには、わたし自身のなかに組みこまれている本能のような拒否反応に、震えた。

おそらく、こういう。こういう細々とした蓄積が。傍《はた》から見たら、なんだそんなこと、と済まされてしまうようなことなのかもしれない。でも、わたしのなかではひと知れず、おおきな問題になってしまうわけだし。なので、疲れてしまっているのだとおもう。こうして今朝も、閉店したあとの作業を淡々とこなしている。瓶ビールの空き瓶をプラスチックのケースに並べて詰めて。それを路地へ運び出している。女学生がわたしのまえを通り過ぎようとしている。もう登校する時間か。わたしにも、あんな時代があったのだとおもうけれど、もうほとんど憶《おぼ》えていない。憶えている記憶が、ほんとうにわたしの記憶なのかも定かでない。だれかから吹きこまれた10代という幻想かもしれない。それくらい遠いはなしになってしまった。あのころのことなんて。

§

夏の終わりあたりからか。視界が、だんだん白いカーテンのようなものでおおわれてしまった。さいしょはなんだか、視界のうえのほうがぼんやりとしているだけだったのが、そのぼんやりが日に日にしたへ下りてくるようなかんじで、やがて視界のほとんどをそれはおおってしまった。特に右目。左目もすこし濁《にご》っているようにおもえるけれど、特に右目が。カーテンのようなものでおおわれてしまっている。カーテンといっても、レースのカーテン。その一枚のゆらめきからひかりが漏《も》れてくるようなかんじで、気持ちが悪い。あるいは、カーテンという表現をしないならば、水のなかにいる感覚というのだろうか。水中にわたしはいて、水面がひたひたしているのをかんじながら、浮かんでたゆたっているようなかんじ。とにかく気持ちが悪い。一週間前に娘たちに連れられて、病院へ行ってきた。それにしても目の手術というのは、歳も歳なので何泊か入院が必要らしい。それにしても目の手術というのは、もちろん麻酔《ますい》は打ってくれるのだろうけれど、不安だ。強烈な目薬を点眼されるのだろうけれど、目を閉じることはできないわけだから。すべてが見えてしまっている状態で手術は進行していくのだろうし。うーん、不安だ。角膜をうまいこと削って、視力をよくする手術があると聞いたことがあるが、それみたいなものなのだろうか。カーテンを。この白濁《はくだく》したうすい膜を。剝《は》がしてくれるらしい。ついでにうすいレンズも装着してくれるらしく、だとしたらこうなるまえよりもだいぶ見えすぎるくらい見えてしまうかもしれないから、たとえば孫の顔とか見えすぎちゃうと笑ってしまうかもしれない。じゅうぶん、見てきたとおもっていた世界を、いまになってさらにもっと見えるようにするというのは、なんだか不思議な気分である。

おや。いま足もとを通りすぎていったのは、猫かな。黒猫だとおもうな。ゴミ収集車が、後進する音が聞こえる。それと同時に、これはどこかのお店のまえだろうな。瓶と瓶がかすかにぶつかる音がする。

視界は、濁っている。カーテンの隙間から世界を覗《のぞ》きこんでいるようなかんじで、見えていないわけではないから、こうして歩けているのだけれど。まえから歩いてくるのは女学生かな。うん、女学生だとおもう。あれは制服だ。足音からしても、ヒールを履いていているわけではないとおもう。スニーカーか、いや、ローファーかな。ん。雪？　雪が降ってきたかな。いや、そんなわけないよな。まあ、冬だけれど。冬だけれど、雪なんか降るわけがない。天気予報でも、そう言ってなかったし。でもなんだろう。白いものが舞っているような気がする。ん。綿？　綿のような。でもそれなりにおおきい、白い物体が。

バチン。
バチン。
バチン。
バチン。

§

ぼくの部屋の窓からはちょうど駐車場が見える。さいきんうまく眠れなくって、お父さんとお母さんが眠ってしまうのを待ってから、ベッドから抜け出して。ぼくは窓際に肘《ひじ》をついて、窓の外を眺《なが》めるのだった。もう何か月も外へでていない。学校も、もちろん閉鎖しているし、友だちも何人も亡くなっているらしいと聞いている。直接、そう言われたわけではない。お父さんとお母さんが話しているのを聞いてしまったのだ。だからといって特別、かなしんだりはしていない。いくらぼくが、そうやって感情のようなものを高ぶらせたりしたところで現実はなんにも変わらないことを知っている。ひとびとはこのさき、怒らなくなるらしい。怒ることを忘れて、なにかをかんがえることもせずに、このまま時代というものに身を委《ゆだ》ねて流されていってしまうらしい。お母さんが涙を流しながら、お父さんにそう話しているのを聞いたことがある。お母さんはそうなっていくこの世界のことを嫌悪しているし、憂《うれ》いているようだった。けれどもそれは同時に、仕方ないことらしいのだ。ましてやぼくら、つまり子どもの世代なんていうのは、感情というものを抑えるどころか、無いものとすることが当たりまえになってしまうのではないか、ということをお父さんは涙を流すお母さんを慰《なぐさ》めながら、ため息をつくように言っていた。ぼくには理解ができなかった。怒りがなくなって、なにが悪いの？とぼくはおもった。だれも怒らなくなるなんて、とてもすてきなことなのではないか？それこそ平和というのはそのことを言うのではないだろうか。なにかに対する反発というものが無くなるわけだ。怒ることをしなければ、かなしいということも無くなるかもしれない。

しかしどうしてぼくは眠れないのだろう。どうしてか眠れないのだった。あらゆることに納得しているつもりだった。さいきんのお父さんやお母さんは、なにかに怒っている。なにかを悲しんでいる。それがぼくにはわからなかった。子どものぼくがふたりに対して、おとなになりなよとおもうほどだ。ぼくは怒らないとおもう。かなしまないとおもう。そのほうが単純で楽だし、おそらくかっこいいとおもうのだ。けれどもどうしてだろう、なににも引っかかったりなんかしていないはずなのに、なんで眠れないのだ。

駐車場のオレンジ色のライン。いくつもの四角形には番号がふられている。もうずっと同じ車が一台だけ停まっている。あれはミニカーじゃない。お気にいりのミニカーならおもちゃ箱のなかにある。あれは実際の車だ。嘘なんかじゃない。けれどもいつもどおりの深夜の、ミニチュアのような風景のなかに、いつもとちがう「なにか」をかんじるのは、なんだろう。そしてその「なにか」のなかには、胸騒ぎというざわつきが含まれている。窓からつめたいすきま風。

§

「と、いうわけで。ここで、ゲストの方にお越しいただいています。冬毛農家で冬毛づくりのスペシャリスト、小暮さんです」

小暮は思い出していた。
父親に殴られて鼻が折れたことがあった。なぜ殴られたのかは憶えていない。鼻が折れたという出来事だけ、まざまざと憶えている。父親は酔っていたとおもう。殴られるまえ、部屋中に父親の体臭と混ざりあったアルコールのにおいが充満していた。殴られたあとはしばらく立ち上がることができなかった。目に映るもの、すべてが歪《ゆが》んで見えた。歪んだそれを背景に、重なるようにしてまんべんなく点滅する細かい粒子。いろんな色をした粒子たちは、まるで自ら意思があるかのようにうごめいている。鼻血がとめどなく流れつづけていたので、息を吸うたんびに窒息しそうになって混乱した。一定のテンポで、浮かんでは沈められる。溺《おぼ》れてしまいそうだった。鼻はとれてしまったのかとおもった。痛いというよりは激しく痺《しび》れているような。のどの奥にも血が流れこんで、張りついてくる感覚。耳鳴りがした。左耳は地べたにくっついてしまって離れない。右耳の鼓膜《こまく》がひたすら揺れて、高音が鳴りつづけている。それと、ひゅーひゅーという音は、自分から発せられる音だろう。口で呼吸をするしかないのもそうだけれど、なにかに反響して振動している。

「おじいさまからおとうさま、そして小暮さんへと受け継がれてきたものとはどういうものなのでしょう」

「とくにないっすね」

「ない」

「はい、ないっす。ぜんぜんやってることが、ちがうんで。親父と」

父親は息子が、床にひれ伏してしまって動けないでいる姿を見て、笑っているにちがいなかった。


「おとうさまに伝えたいことなど、ありますでしょうか」

「いや、それもないですね。特に」


小暮は想像していた。

たとえば都会だって、かつては森だったということ。何千年も、何万年もまえは、もちろん森だったということ。背の高い木々が、生い茂っていた。しかしどうしてひとなんかが森を切り拓《ひら》いて、アスファルトでおおいつくしてしまったのか。そして、絶えずあたらしい建物をつぎつぎと建ててしまう。だれかひとりでも反対するのなら、それは建てなくていいはずなのに、建ててしまうのだ。かつてそこは森だったということを、だれも憶えていないからそうなるのだろう。森のままでよかった。ここにあった森は、冬をいったいいくつ越しただろう。厳《おごそ》かな森のなかを、息を殺して歩いてみたかった。自分も森の一部になって。いつか都市や国家が崩壊して、やがてふたたび森が戻ってくることを想像すると落ち着くのだった。何百年か、何千年か未来に、ふたたび森が現れるなんて、なんて素敵なことだろう。しかしわたしはその森を、見ることも歩くこともできない。つまり想像することしかできない。窮屈《きゅうくつ》だ。想像することに限りはないとだれかが言っていたような気がするけれど、それは嘘だ。想像する、という行為ほど有限をかんじざるを得ないことはない。想像したところで、現実が追いつかないようじゃ意味がないのだ。じゃあ現在、自分にできることとは。現実的に、なんだろう。

「うーんと、じつはわたし、冬毛を触るのがきょうがはじめてなんですよ」

小暮は知っていた。

冬毛という資源の可能性を。冬毛はなににでも変わることができる。父親はやはり、おろかなひとだった。冬毛のほんとうの性能を知らずして死んでしまった。冬毛のことをだれしもがまだ、クリスマスツリーのオーナメントくらいにおもっていることだろう。あとは、顔をうずめたくなるとかそれくらいの評価しかされていない。冬毛を正しくつかうことができたなら、この世界をまるっきり変えることができるかもしれない。それに気がついてしまった。おそろしいとおもわれるだろうが、冬毛は兵器にもなり得る。

「今年の冬毛は、静電気がすごいんですよね」

「場合によっては、火傷をしてしまうほどなので」

自宅の倉庫で、去年からこつこつと実験を繰り返していた。ひと握りの冬毛で、軽トラックをひっくり返すことができたくらいの威力。だれかの手に渡るまえに、自分ならこれをどうつかうだろうか、ひとりでとにかくかんがえてきた。

「冬毛をもとめて、とおくからやってくるひともいるんですよ。海外からの注文も、さいきんでは増えていますしね」

やがて冬毛はだれかの手に渡って、世界各国で革命が起こるきっかけになるだろう。それは仕方がないことだ。力を持つものは力を持つものが手にすることになっている。けれども、そうなるまえに自分なら。

「あ。渡り鳥。渡り鳥ですよね、あれって。どっちへ行くの？　あっち？　こっち？」

たとえば都会だって、かつては森だった
何千年も、何万年もまえは、もちろん森だった
背の高い木々が、生い茂っていた

「うーん、気持ちいい」

かつてそこは森だったということを
だれも憶えていない
森のままでよかった

「わたしがはじめてなんじゃないですか、今年。わあ。繊細な冬毛ですね」

厳かな森のなかを
息を殺して歩いてみたかった

「触れると壊れてしまうんじゃないか、ってくらい」

触れると壊れる？

「だれかに怒られちゃうんじゃないかなあ」

だれに怒られる？

「あ、あ。気をつけて」

想像したところで

現実が追いつかないようじゃ

「はーい。もう、手で触れるだけじゃなくて、飛びこんじゃいたいくらいですね」

「や、や。そうじゃなくて。ゴム手袋を」

「え」

バチン。

§

目を覚ましたら、彼のアパートにいた。そうだ、そういえば昨夜、わたしは彼と大喧嘩をした。なんかたぶんいろいろ言いたげな彼が、なかなか核心を突いて話さないことにイライラしていたのだった。わたしはむかし、空手をやっていた。小学生のころなんか全国大会に出場したくらいの実力がある。とにかく彼にムカついたので、玄関付近をめちゃくちゃにしてやろうとおもった。彼がそれを止めに来たんだっけか。膝蹴りがなかなか彼に届かなかったような気がする。やはり男子は、体格がいいというよりは骨が長いから、なかなか攻撃を加えるのがむつかしい。まえに付き合っていたひとも、そうだった。かかと落としを喰らわせようとしたところ、ぜんぜん届かず、自滅したのを思い出した。あれは痛かった。かかとが外れたかとおもった。というか、かかと落としが届かないのは、骨、関係ないか。ただ距離感を間違えただけか。あはは。

えっと。なんだろう、手のひらをぬめりとするもの。え。ん。え、血。血⁉

「えーーーーーーーーー」

血のうえで、わたし寝てたの？　なんで？　え。あいつは。あいつは、どこだろう。

「おーーーーーーーーい」

ばちん。

音がするほうに目をやると、彼がいた。彼はテレビを見ているような姿勢で座っているのだけれど。手首から猛烈に血しぶきをあげている。なにが起こっているのか、ぜんぜんわかっていない様子。とにかく血しぶきがどうしたって止まらない様子。え、手首？　どうしたの。なにがあって、どうなってるの？　というか。手首から先。手指がなくなってる⁉

「マジでーーーーーーーー」

慌てて、台所から彼がいるところまで駆け寄る。なんかとても頭が痛い。なんだかわからないけれど、頭が痛い。しかし、そんなことより、なんでこのひとの手。しかも両手が。ないのか！

「どうしたのよ、どういうこと」

「え。いま、ぼくどうなってる」

「両手がない！」

「すごい血がでてる、どうしよう。なにをしたの」

「コンドーム」

「え」

「コンドームが」

「は」

「よっちゃんの鞄のなかに」


そう。わたしはよっちゃんと呼ばれている。名前は、よる。どうして両親は、わたしの名前をよるにしたのか、説明を聞いたところであんまりわからなかった。とにかくでも、よるって名前。けっこう、気にいっている。ほんとうは、よっちゃんじゃなくて、よる。って呼んでほしい。でもまだはやい。付き合いはじめてさいしょのうちは、ちゃん付けでいい。やがて、よるって呼んでくれたらいい。歴代の彼氏たち、みんなそうだった。

「よっちゃん、聞いてる?」

「え?」

「鞄のなかの、あのボール」

「あ!」

「あれなに」


そうだった。昨夜のこと。わたしは、夜道を歩いていた。こいつのアパートへ向かって、まっしぐらだった。とにかく頭にきていた。ぐぢぐぢぐぢぐぢ、もう嫌だった。直接話して、ケリをつけたかった。そんな夜道。目のまえにコート姿の黒づくめのオトコが現れた。しかし直感で、あやしいひとではないことはわかった(いや、じゅうぶんあやしいのだけれど)。なにか危害を加えたりとかはなさそうで、というよりもわたしはとにかく急いでいた。そのオトコに渡されたのが、この鞄。相手にしている時間がなかったのと、いりません。とか言う時間ももったいないくらい、腹を立てていたので。はい、ありがとうございます。って言って受けとってしまったのだった。

「あした、世界がまるで変わるから」

「え」

「これをぜひ、持っていてください」

「なんでわたしが」

「だれだっていい」

「は」

「だれが持っていてもいいものです」

「なんのことだよ。まあいいや」

「落としちゃ、いけないですよ」

「はい、ありがとうございます」


テレビの画面は砂嵐で。そして彼の血しぶきが、そのうえに吹きかかってぐしょぐしょになっている。どうしたんだろう。世界は。いや、東京かな。ここは杉並区。なんで、わたしたち。こんな血まみれなんだろう。

§

町じゅう、もう荒れ狂っている。ゴム製のボールを持っているひとびとは、暴徒と化して。いろんな建物にそれを、冬毛を投げいれている。至るところで、煙があがっている。煙のほうへ、ひとびとは向かっている。怒ることをたった現在《いま》、知ったような表情をして。その表情はどこか嬉々として、見える。

§

小暮は風にまかせて、冬毛を東京へ飛ばした。見ることのない、森の姿を。やはり窮屈に想像しながら。小暮は、自らが育てた冬毛をすべて見送ったあとに、自宅の倉庫へ向かった。倉庫には、冬毛が詰まったおおきめの木箱が用意されてある。その箱は、小暮の棺桶《かんおけ》。小暮は、冬毛に身を投じるつもりだ。

§

老婆はいったいなにが起こったのか、わからなかった。さっきまでぼんやりとだけど見えていたはずの女学生がもういない。ゴミ収集車は裏返ってしまって、炎をあげて燃えている。居酒屋のまえを片づけていたはずの女性も、もういない。アスファルトから湯気があがっている。溶けているのだとおもう。ここはさっきまで、いつもどおりの路地だったはずだ。老婆はひとり、立ち尽くしている。さっき見えた白い綿のようなものは、いったいなんだったのか。まぼろしだったのか。いや、もしかしたら、この光景もまぼろしなのだろうか。しかし老婆は、懐かしいような気もした。10歳のころ、ここは。

いや、ここだけじゃない。東京は、焼け野原だったのだ。これはいったいどういう気持ちなのか、老婆本人にもわからないのだけれど、こみあげてくるものがあった。それはただ、懐かしいというだけではない。これが本来、なのかもしれないともおもえていた。おもってしまった、というのもある。こんな都会の、本来の姿。カーテンの隙間から、老婆は世界を覗きこんでいた。なんの変哲もない、路地にいて。さっき足もとをすれちがった猫だけが気がかりだったけれど、猫はごろごろとのどを鳴らしながら、老婆の足にすり寄ってきたから、それは安心だった。たしかに、猫は黒猫だった。しっかりした黒色は、はっきりと見えた。老婆はゆっくり息を吸って、そして吐いた。かすかに白い息は、自分のものなのだとわかった。老婆はただただ、路地に。立っていた。

§

冬毛のこともあって、ひとびとはもう安易に外へでることはできない。だれがそうしたのか、あるいはだれが噂したのか、だれも憶えていないが、たしかなのはだれかがそうしたから、ひとびとはこうなっているのだ。そしてそれは、必然のようにもおもえた。とにかくいまや、外へでるのは危険だ。冬毛はそれくらい、危険だ。どう危険なのか、それはまだすこしわからないことがいくつかあるみたいだけれど、とにかく外へでてはいけない。なにかを買いにいくにせよ、それは命がけのことであるし、なにかを自宅へ配達させることも、もはや不謹慎《ふきんしん》である。しかし電波は生きている。実家に連絡することもできる。東京から他県へ移動してはいけなくなってから、不仲だった両親とすこしだけれど連絡を取りあうようになった。冬毛は、東京の上空にだけ舞っている。おそろしいと知りつつも、うつくしいともわたしはおもう。灰色におおいつくしているとおもいきや、ひかりの射しこみ方によってはきつね色に見えたり、雨の日のたとえば雷鳴がとどろくころには、冬毛の隙間をエメラルド色が発光するのを見たことがあった。なので、わたしはわかるようでわからなかった。ひとびとはなににおそれて、外へでないのか。外へでないとわからないことなんて、やはりたくさんあることをひとびとは知ってはいなかったのか？　いつだって答えは、外にあるのだとおもっていた。おそろしさも、うつくしさも、なんだって外にあるはずだった。わたしは歩いていた。もう夜も深い時間だった。冬毛は舞っている。そして降っては、ちいさく、そしておおきく爆発している。その聴きなれた音をわたしは聴きながら、しかし歩いていた。特殊加工した傘をさしている。特殊加工といっても、じぶんで静電気防止のスプレーをふつうの傘に吹きかけただけなのだけれど、もうこういうのもじぶんでやるしかない。いろんな噂があった。なんどか水洗いした傘は冬毛に良い、だの。熱湯に何分か浸けてみる、だの。でもそのどれもがたいして冬毛には効果がないことも、すぐに噂されてしまった。

近所のコインパーキングに向かっているのだった。あそこにもう何か月も放置されている車があることをわたしは知っていた。持ち主のことは知らない。けれども、もういらないのだろう。だれも必要としていないような姿で、あの煤《すす》けたシルバーの車は放置されている。それがどうしてか、わたしにはかなしかった。もう死んでいるのに、そこに姿だけがさらされている。わたしには耐えられなかった。右ポケットにはマッチが。ひと箱、はいっていた。それだけ持って、わたしはだれもいない町を歩いているのだ。危険なことも知っている。しかしそれとおなじくらい、このあとわたしがなにをするか。というよりも、なにをすべきかを知っている。

あの車を、そう。燃やすのだ。12月だった。わたしは怒ることを知っている。

§

——12月のある日。深夜。部屋のなか。

——窓のそとの、ある一点を見つめる少年。

——その視点のさきには、一台の古びた車。

少年　「あ」

——車は、みるみると燃えていく。

――真っ黒い煙が立ち昇っていく。

――少年は、その煙に。まるでからだじゅうをうずめるように。

少年　「そうか」

――窓を開けて、身を乗りだす。

――少年の瞳にうつる、炎と煙。

――溶暗《ようあん》。

§

よるは、冬毛舞う冬の東京で、シマエナガといっしょに暮らそうかとかんがえている。
シマエナガは、ほんとうにかわいい。かわいすぎる。よるは、真っ白なシマエナガに、
おやすみと言いたいのだった。

産毛にとって

わたしはどうしてもわからなかった。かえるくんがわたしのところから消えてしまったその理由を。わたしはどうしてもわからなくてつらいのだった。かえるくんはついこないだまで、わたしと付き合っていたはずなのに、どういうわけだかわからないのだけれど、いなくなってしまった。付き合っていたはずなのに、どういうわけだかったこともないし、というかなっていなかったので、もしかしたらまだ付き合っているのかもしれない。けれどもこれはただの、わたしがこの出来事を受けてかんじていることとしては、やはりわたしたちは別れたのだった。そう、わたしはついこないだまで付き合っていた。ということはいまはもうやはり、付き合っていない。話し合ってもいないのに、なんだかわかる。わたしがわかる、ということはかえるくんもきっとそういう風に理解しているとおもう。というのもわたしは幼いころから、わたしがおもっていることはかならず相手もそうおもっている、という風になにごともかんがえてしまう癖《くせ》があった。癖というか、それは確信だった。わたしがおもっていることは、相手もおんじようにわたしに対しておもっている。だからわたしが別れているとおもっている、いやおもってしまっているということは、かえるくんもきっとそうおもっているのだ。かえるくんとは特にそうだとおもう、ほかのだれよりも。たとえば、母親とかよりもそうだった。だから付き合えたのもあった。わたしにとってかえるくんははじめての恋人だった。恋人と呼べる、恋人だったとおもう。わたしたちのおもいみたいな、お互いがどうおもっていて、どうかんじているかのような、そういうものが同期するように一致するのは、偶然ではないなにかがあるような気がしていた。それはかえるくんもそうかんじていたとおもう。たとえば、テーブルがちいさめの喫茶店に行ったときに、お皿やカップでテーブルが埋まってしまって、フォークが落ちそうだったとき、わたしたちはそれが気になってしまって、せっかくの美味《おい》しいチーズカレーグラタンが美味しくかんじなくて、いやじっさい美味しいのだけれど、気になったことで美味しくかんじなくて、なんだかやりきれない気持ちになっていた。しばらくその状態で食べつづけていたのだけれど、それもすこし我慢ができなくなってきて、結果的には笑ってしまった。しかし笑ったのはわたしだけじゃなくて、かえるくんも。ほんとうに同時に、これでもかってくらいおんなじタイミングで、わたしたちはおんなじことについて、やりきれなくて、もどかしくて、しかも最終的には笑うということを選んで、笑ったのだった。その瞬間、わたしはおもったのだ、わたしたちは同期している。おそらくほかのだれよりも、わたしたちは同期していて、もしかしたらいつかこのまま、ふたりだったのがひとりになってしまうくらい。それくらい、わたしたちは同時におんなじことをおもっている。ちがうのは性別だけかもしれない。そしてわたしがそうおもっているということは、かえるくんもそうおもっているはずなのだ。けれども、なのにわたしはどうしてもわからなかった。矛盾しているようだけれど、かえるくんがわたしのところから消えてしまったその理由を。なんでもわかっていたはずのかえるくんのことがいまはもう、こんなにもわからない。

かえるくんとはじめてセックスをしたのはあれもいつだかの春だった。かえるくんがわたしにとってはじめて付き合ったひとだし、恋人だとおもえたひともかえるくんがはじめてなのだけれど、セックスをするのはかえるくんがはじめてではなかった。高校生のころ、つまりはあれは新潟にいたころだったのだけれど、わたしはてきとうな先輩とてきとうにセックスをしたことがあった。たぶんその先輩はわたしにある程度の好意はあったとおもうのだけれど、わたしからはなんにもおもわないというか、はっきり言ってどうでもよかったのだけれど、その先輩はいちおう学校ではそれなりにかっこいいとされていたし、なんとなくわたしのまわりのおんなのこたちもはじめてを済ませていたようなころだったから、わたしもそれなりに、なるべく新潟をでるまでには済ませておきたいとおもっていた。それにしても、なんの面白みもない先輩だった。音楽のはなしも映画のはなしもできないくらいの、サッカーとかしていたんだとおもうのだけれど、はなしがとにかく面白くなかった。レディオヘッドもゴダールも知らないひととわたしははじめてを済ますのか、とがっかりしていた。まあでも仕方ないともおもった。というのは、先輩はわたしに対して好意がある、というかつまりわたしとセックスがしたい、ということなんだと理解できていた。わたしはそのこと自体は悪い気がしなかった。いまおもえば、ほんとうにそうなのだ。恋だとか愛だとかのほんとうを知るわけもないわたしたちは、ほとんどイコールでしたいだけなのだ。わたしだってそうだ。どうでもいい先輩と済ませたいだけなので、それはきっとその先輩に対して失礼なことなのかもしれないけれど、先輩もその気だしわたしもその気だし、それでいいじゃないかとおもっていたのだとおもう。あれは雨が去って、夏のはじまり。わたしはその先輩とセックスをした。みんなが言うみたいに痛いとかそういうのがなかった、あのとき。いつわたしのなかにはいって、そして抜けていったのか、よくわからなかった。終わったのであろうときに先輩がわたしに話したことも憶《おぼ》えていない。長々となにかを話していたとおもう。というかどこでしたのかもほとんど憶えていない。たしか先輩のおうちのどこかで、だったとおもうのだけれど、そのおうちがどこで、そしてそのなかのどこでしたのかも憶えていない。夏の匂いがしたことだけはすこし記憶にある。夏の入り口。つまりまだあれも春だった。

かえるくんとはじめてセックスをしたのは、春。あきらかな、春。完ぺきに春だった。つまりわたしにとっては二度目のセックスだったわけだけれど、かえるくんとのその時間のなかでは、いくつもの驚きが詰まっていてそして連発した。このときのことをわたしは憶えている(なんでだろうか、憶えていられることよりも、忘れてしまうことのほうが圧倒的におおい気がするし、それはわたしだけじゃないとおもう)。わたしはかえるくんとのセックスに備えて、奨学金のすべてをつかって徹底的に脱毛をした、隅から隅まで。それはわたしの部屋で、だった。わたしはあんまり、だれかの部屋に遊びに行ったりとか、行きたかったりとか、そういう欲はあんまりなくて、むしろわたしの部屋へ招きたいというのがつよかった(うーんと、招くみたいなこととはまたちがうのかもしれない。訪れてほしい、にちかい)。というのはわたしはやっぱりだれもがそうだという、たぶんそれ以上に、自己紹介というものが下手だとおもう。じぶんという人間がどういう人間か、わたしはわたしのことを口にして、言葉へかえていく作業がどうもうまくいかない。けれども、わたしの部屋を見てもらえればわかることってたくさんあるような気がしていた、それは小学生のころくらいからそうだった。わたしはこうやって机のうえを整頓《せいとん》したいし、それ以前にこういう机を選んで買ったんだよ、だからここから言葉なくしてわかることってたくさんあるよね、本棚はどうかな、これとこれを読むようなのがわたしだよ、これを読んだあとに、これの横にわたしはこの本をしまったのだよ、どんなだよ、ってわたし自身もおもうけれど、でもまぎれもなくそういうことをするのがつまり、わたしなんだよ。キッチンも、こうやって整理している、すこしだらしないかもしれないけれど、とてもきれいなまま、っていうのも嫌なの。この部分はこれくらいでありたいのがわたしなの。トイレはじつはずっとこの香り。特になにかしているわけではないから、さいしょっからこのトイレはこの香りをしている。トイレでわたしは、この物件を選んだんだよ、わかるかな。このトイレは実家のころのままだし、実家のトイレは母方の祖母のおうちとおんなじ香りがするの、香りというか、元来、トイレがそもそも持っている香りのことだよ。もしかしたらそれはタイルと、この足もとに置かれているヒーターが関係しているかもしれない。わたしのおうちには、この部屋に越してきてからも、季節なんか関係なく、トイレにヒーターを置いているの。わたしはそれを、おそらくずっとわたしの血までつづいてきたこのことを、守っているの。このちいさな部屋でも。トイレでいうとわたし、父方の祖母の家ではトイレに行けなかったの。もちろんコンビニとか公衆トイレでもできない、大学でもトイレできない。わかるかな。わたしは、母方の祖母の家。実家。そしてこの部屋でしか、トイレをしたことがないし、できないの。林間学校のときだってできなくてつらかった。膀胱炎《ぼうこうえん》になってしまったしね。かわいそうだ、と先生はわたしの親を責めたんだけど、親もどうしてわたしがこんなにトイレに難があるのかわからないし、ただしくはつらかったわけではないの。わたしは、あのトイレでしかトイレができないだけ。それだけなの。わたしにはその理由がわかりすぎるくらいわかっていて、でもそれを、この感覚を口にして、言葉にして、説明する必要もないとおもっている。わたしはとにかく、この特定のトイレでしかできない。だからこの物件を探すのに半年はかかったんだよ。推薦《すいせん》で大学が決まって、三月のぎりぎりまで探していた。部屋というか、トイレを。見つかったときは、ほんとうに運命をかんじたよ。だからわたし——

「そうか、せせちゃん。ずっとこの部屋に住みつづけるのか」

かえるくんはわたしの部屋のトイレを開けて、便器を見つめながら、とてもちいさな声でそう言った。わたしはそれを聞いた瞬間はなにが起こったのかわからなくて、ここにどうやって立っていればいいのかわからないような居心地の悪さを瞬時にかんじて戸惑ってしまったのだけれど、けれどもほとんど同時にその心細さを埋めるかのように、つぎの瞬間には涙が流れていた。わたしが涙を流しているということは、とおもった。かえるくんも、そう。じっさいにそれをつぶやいたあとに、泣いていた。泣くのをおさえるように、もしくはわたしにはあんまりそういう姿を見せないようにしたのだとおもうのだけれど、トイレのドアを閉めたあと、わたしの机のうえの整頓を見つめたあとに、そのひとつひとつを中指でゆっくり撫《な》でた。そしてこれは、この整頓以前に、どこでどう選んでこの机を購入したのだろう、いや値段とかではなくて、どうしてどこが気になってこの机を購入したのか興味がつきないようなまなざしで、かえるくんはわたしの机を見つめていた。そして本棚。本棚では左手の薬指をつかって、背表紙を撫でながらかえるくんはしばらくかんがえこんでいるようだった。なにをかんがえこんでいるのか、わたしにはわかった。わたしが読んだ順番について、かえるくんは悩んでいたとおもう。どうしてこれとこれが、そしてこれとこれのあいだの時間はどういう時間だったのか、かえるくんはおもいにふけっているようだった。それはわたしを、単純に言って、かんじさせた。かえるくんはやっぱりそうだった。もちろん言葉なんかじゃない部分で、わたしの輪郭をこうして捉えようとしてくれている。これ以上のことって、あるのだろうか。かえるくんは時間をかけてわたしのいろんな部分を触っている、そして触るだろう。それを想像すると、かんじてしまう。どんなだよ、って部分も含めてかわいがってくれる。かえるくんはそう、わたしをおそらく根本からかわいがってくれる。わたしもかわいがることができる。かわいがられるのも、かわいがるのも苦手だった。それはだってその対象よりもわかっているふりをされる、してしまうのとイコールだとおもっていたから。しかしかえるくんは、わたしのことをわたし以上にわかっていてほしいとおもえた。かえるくんのこともわたしはかえるくん以上にわかってみたい。そうおもえるこの関係に、それ以上のことってあるだろうか。ないとおもう。かえるくんがわたしの部屋のキッチンに両手をつけた。かならずしも完ぺきだとは言えないキッチン。きのう食べたパスタの残りが三角コーナーのなかにそのままになっていたりする。かえるくんはそれでもキッチンをすこしのあいだ、眺《なが》めていた。わたしは恥ずかしかった、すこしだらしないわたしを眺められているようで。けれどもこの部分のこともかえるくんは受け入れてくれるのはわかっていた。受け入れてくれるだろう、じゃない。受け入れてくれるのだ。ぜったい的な安定感で。きれいなまま、を保てないわたしのことをかえるくんは受け入れてくれる。この部分はこれくらいでありたいわたしを、つまりかえるくんははじめて訪れた部屋を見つめながら、見つめていた。そう、見つめながら、見つめていた。かえるくんはキッチンで、見つめながら、見つめていたそのあとに、じっさいのわたしに触れた。完ぺきに触れた。わたしはタートルネックのニットを着ていた。かえるくんの右腕はわたしをおおうようにして、やがてわたしの背中からそれを剝《は》ぐようにして脱がした。その手つきは、わたしの部屋のありとあらゆる部分を検分していたあの時間とまったくおなじ手つきだった。わたしに触れるのは中指なのか薬指なのか、とにかく部屋中を撫でるようにして、そして撫でながらわたしがどういう人間か、言葉じゃないところで思考し捉えながら、やがて裸になったわたしをどこまでも抱いていった。セックスというものは本来こういうものだったのだな、とわかった。新潟でのどうでもいい先輩とのセックスは、そもそも忘れてしまっているのだけれど、あれはセックスのようでセックスではなかった。これがセックスだ。かえるくんはわたしに至るまで、何人もの女性とセックスしてきたのであろうこともセックスをしていてわかった。手つきでわかる、這《は》わせる舌のかんじでわかる、これはわたしにだけしているのではない。わたし以外のだれかともこの瞬間にだってセックスをしている。こうやって抱いてきた、その部分がかんじるひともいた、けれどもわたしのいちばんはそこではないから、それを探しているその動作には、やはりわたしじゃないだれかとの名残《なご》りがそこには存在していた。しかしそれはわたしにとっては心地よいものだった、わたしにとってはじめてかどうかみたいなそういうことはどうだっていい。それどころか、はじめてじゃないほうがぜんぜんいい。はじめてからはじまることにはなんにも興味がない。そうじゃないほうがいい。ここまで重ねてきたことを、お互いにまたここで重ねていきたい。わたしは声にならない声で、声を漏《も》らした。漏らしていた。かえるくんの舌はわたしのまんなかのさけめに到達して時間をかけていた、もちろん脱毛済みでなんにもないはず。かえるくんはもうずっと長い時間、口をやっている。なにがどうなっているかわからないくらい、そしてどれくらい経ったのかわからないほど、しかしその張りつめているのだけれどやわらかな集中を、彼のあらゆる先端から、そしてあらゆるニュアンスを受けとっていた。天井を仰いだり、まくらに顔をうずめたり、なんども回転しながら、いよいよ彼のがわたしにはいってくるとき、わたしはどうしてもうしろからしてほしいとおもったのでうしろむきでいて、そのことをわかってるようなかんじで、彼もうしろからしようとした、そのとき。

「産毛《うぶげ》」

と彼は言った。

「産毛？」

「ううん」

そして彼はとても自然なかたちでわたしのなかにいれようとして、いれたその瞬間、またたいた。なにがまたたいたかというと、それはとてつもなく痛いという言葉以上の痛みだった。想像もしていなかったことだった。だってはじめてしたときは、なんにも痛くないどころか、なにもかんじなかったくらいなのに。なのになんでかえるくんとのこれはこんなにも痛い、というか痛すぎる以上の、衝撃にちかいどころか衝撃的な、つまり、またたいた。またたく。まくらにしがみついていたわたしの画面に、星々が破裂したみたいに散っている。一瞬にして散り散りになったなにかは、当然のようにあたらしいなにかを創生しようとしているようにおもう。うねうねと漂いながら、ちかくのなにかを手にいれようと、手を伸ばしあって、あらためてつながろうとしている。もしくは吸収しようとしている。わたしとかえるくんはこの衝撃をもって、はじめてつながったというか、彼に吸収されたということは彼もわたしに吸収された。おそらくものすごい量の血が出ているかもしれないけれど、それは気にしない、していないかのように、彼はけれどもゆっくり、なかにはいったそれを動かしながら、あらたなフェーズへ向かっている。わたしは気を失いそうなおもいだった、それは快楽でもあり、快楽よりももっと先へいった、言うなれば、液体そのものだった。わたしたち、いやわれわれは、そもそもほとんどが液体である、ということがやっと、この瞬間にわかったのだ。筋肉と皮膚におおわれたわたしたちは、それは仮住まいのなにかでしかなくて、本来は液体そのものなのだ。だからそう、液体同士がこうしてセックスをしている。そうとしかおもえなかった。痛みというものがわたしを飲みこんだあと、すぐにあたらしいわたしを産んでしまった。かえるくんもつまりそんなあたらしいわたしのなかで、さらなるうねりへ向かって動いている。これは、またたきだ。そう、またたき。またたきでしかない。またたいて、気がついた。

ここは東京だ。そして春だ。東京の春の、まっただなかにいるわたしたちははじめてセックスをした。それはふたりだけでしたものではなかった。お互い重ねてきたこれまでの何人もと、しかもわたしとだけじゃなくて、わたしの部屋そのものとかえるくんはセックスをしたのだった。そう、かえるくんがしたのだった。わたしはどちらかというとやはり、されたのだとおもう。したというのはあり得ないのかもしれないともおもう。されることとなのかもしれない、しかもこれはたぶんずっとそうなのだとおもう。わたしはされる。かえるくんにならずっとされたい。されていたい。あれはいつだかの、春。あきらかな、春。完ぺきに春だった。

§

「またたく」

駅のホームでそう言ったのは中学校にあがってから出会った、つまり出会いたての、たんぽぽという名前のおんなのこ。わたしたちは三年間でからだがおおきくなることを想定された、いまはサイズがぜんぜん合っていないだるだるの制服を着ていた。なぜこんなことが気になってしまうのかというと、学校からここまで歩いてくる最中にもこのことでバカにされたからである。わたしはたんぽぽと歩いていた。商店街のなかを。すると、まえからやってくる大学生みたいな男子、三人くらいいたとおもうんだけど、そのなかのひとりがわたしたちを見て、にやにやしはじめた。そしてわたしたちとすれ違ったあとにうしろから聞こえてきたのは。

「エモい」
と言って笑う声だった。そしてそれに呼応するように、そのひとり以外の数人も「エモい」と口々に言いながら笑い、遠ざかっていった。「エモい」。どういうことだろうとおもって、たんぽぽに聞いてみた。

「エモいってなに」
「ん」
「わたしたちを見て、あのひとたち、いま」
「うん」
「エモい、って言ったんだけど、それってなに」
「なんでしょう」
「よくないことなのはわかるんだけど」
「うん」
「あるいは、バカにされたことはあきらかだし」
「わからないことだらけだね」

「そうだよね」
「こんなさあ、商店街を抜けるだけなのに」
「こんな気持ちにさせられてね」
「なんでしょうね」

たんぽぽは「なんでしょう」とか、「なんでしょうね」みたいな言い方をよくする。わたしはそれが気にいっていた。たんぽぽはふだんから、そういう口調で、家に帰るとお母さんと喋《しゃべ》っているにちがいない。わたしはそういう、この子はこういう家庭で、こういうもの食べていて、お風呂はこうで、洗面所はこうやってつかっていて、だからこういう思考の持ち主で、という風に想像するのが好きだった。たんぽぽとは出会って間もないけれど（4月だから、まだひと月も経っていない）、たんぽぽはそういうわたしのなにかをかきたてるものが特にあった。そんなたんぽぽと歩いて、だるだるの制服が気になりながらも、ここまで歩いてきた。

「またたく」
「ん」

たんぽぽがそう言ったのは、つぎの電車がまえの駅を出発して、そろそろホームへやってくるとのアナウンスが聞こえてからすぐのことだった。ここは都内なのだけれど、駅員さんがいない無人駅で、定期券をかざせばはいれるタイプの駅である。快速は停まらなくて、やってくる電車はなん両も連なっていないしょぼいやつで、せっかく受験で受かった中学校なのに田舎みたいでいやだった。「またたく」。そう言ったたんぽぽの横顔は、端正という言葉がしっくりくるような、けれどもこの横顔も高校生になるころには変化してしまうのだろうな、とおもう期間限定の、しかしとてもきれいなのはたしかすぎるほどたしかである、整った横顔だった。まつげのカーブと、鼻筋のカーブがうまくシンクロしていて、上唇もまえにすこし尖《とが》っていて。そのバランスに見とれていた。そんなたんぽぽが「またたく」と言ったのだった。

「どういうこと?」

「うーんとさあ」

「うん」

「なんでしょうね」

「はい」

「わたし、放送部にはいろうとおもって」

「ああ、そうするんだ」

「うん、体験入部に行ったときに聞いたのね」

「ああ」

「この駅で、何年かまえに、わたしたちの学校のひとがふたり、自殺したんだって」

「え」

「しかも、ふたり同時に、だよ」

「えー、そうなんだ」

「ふたりは手をつないでいたらしいよ」

「どういうことだろう、それ」

「でしょう。わからないでしょう」

「あ、それを話したの？　放送部で」

「そう、先輩に聞いたんだ。しかもそれを脚本にするとしたらどうするか、ってはなしでさあ」

「脚本？」

「じっさいに起こったはなしを、ひとつの作品、というかラジオドラマ？　にしたいんだって」

「ああ、へえ」

「それで、でもわたしかんがえたんだけどさあ」

「うん」

「たとえば、そのふたりがね、携帯電話を持っていたのだとして、その自殺するまえの日とか、いやそれよりももっとまえから、その自殺を計画するようなことをメールとかラインでやりとりしていたとするでしょう。たとえば、この日のこの時間にやってくるあの電車に飛びこもう、みたいなさあ。でもそれってそのとおりになったのかな、とかさあ。うーんと、だからなにが言いたいかというと、こうしたいとおもっていたことって、そうならないじゃん？　たいがいのことは。やっぱり現実って、想像とはおおきくかけ離れているんだよ。わかりやすく言うなれば、天候とかさあ。晴れているなかで死ぬとおもっていた場合、雨が降っていたとかになると、ほんとうにその日に死ぬことができるかなあ。やっぱりそこには、いろんな現実、それはこのロケーションとかさあ、やっぱり夕暮れはきれいだったとか、向かい側のホームのおばあちゃんがかわいいな、とかそういう現実、そしてそれを目のあたりにしたときに湧きあがってくる感情をね、押しのけるつよい覚悟が必要なんだとおもうんだ。しかもいま言ったことを、ふたり同時に、おんなじタイミングで、死のう、手をつなごう、とならないかぎり、それは無理なんだよ。わかるかな」

たんぽぽはとなりにいるわたしに目を合わさずに、すこしうつむいて、つまり線路あたりに目を落としながら（まつげが揺れている）、すこし高揚《こうよう》した様子で話していた。


「うん、それと。またたく、のなにが関係してくるの」

「もうちょっと聞いてくれる？」

「うん、いいよ」

「つまりさあ、言葉なんだとわたしはおもうんだよ。さっきの、エモい、という謎《なぞ》の言葉もさあ、わたしたちにはその意味はわからないし、おそらく知ったところでそれはわたしたちへ向けられた愚かしい言葉でしかないような気がするのだけれど、でもわたしたちはそれがまるで呪いのように気になってしまっているし、このいやな響きを、おそらく数日間、引きずるよね。どうでもいいはずのことでも、そうなんだよ。だからね、言葉ってすごいんだよ。それによる結束とかも、ものすごいとおもうんだよね。だからね、ふたりのなかでなんらか、言葉によってつよくつながっていたとしか、わたしにはおもえないんだよ。取り巻くすべてのことを跳ねのけることができるつよい言葉」

「うん」

「それってなんだとおもう？」

「なんでしょう」

「え？」

「あ、ごめん」

「いいよ」

「えっと、それが？」

「そう、たとえば、またたくとか、そういう言葉なのかな、とおもうんだよね」

「またたく」

「電車をなん本か見送ったにせよ、飛び込もうとするその直前になにを見ていたにせよ」

「うん」

「ふたりのなかで、なにかがまたたいたのはそうなんだとおもうんだよ」

「なるほど」

「それはそうじゃないと、それはできないとおもうんだ、わたしは」

たんぽぽはつよいまなざしで、そう言ったのだった。そうこうしているうちに、電車はわたしたちのまえにやってきた。車窓が右から左へ連続したあとに、ゆっくりと停まって、車窓の四角はあきらかな四角になって、そして扉が開いた。わたしとたんぽぽはそれに乗りこむ。

それはそうと、わたしはテニス部とかにはいろうとおもっている。そしてまずはお年玉でそれに必要な道具を買いたいとおもっているということを、こないだ島根に住んでいるおばあちゃんと話した。だからまずは部活動に必要な道具たちは、完ぺきなのを揃えたいし、どんな先輩よりもおしゃれなのを買いたい。ウインドブレーカー上下も、目立ちすぎないんだけど、ひととはちがうのがほしいとおもっている。わたしはおしゃれに目覚めたい。そうそう、だから、さっきの「エモい」と言ったあいつらのことだ。あいつらはなんでわたしたちなんかを笑ったのかというと、それは自信のなさからくるものだとおもうのです。だってあのひとたち、袖《そで》とか裾《すそ》とか折ったら、ピンクのチェック柄がでてくるみたいな服を着てたし。あんなのわたしたちが着ているこの制服の何倍もダサいとおもうんだけど。わたしはぜったいにああはならない自信だけはある。なんどかよくない恋愛をしてもいいとはおもっている。でもどの恋愛も、いつだってそのときいちばんおしゃれだとおもえる恋愛がしたい。そしてだれかを、ああいう風にすれ違いざまにバカにして笑うような、そんな自意識からくる外側への牽制《けんせい》みたいな行動をわたしはぜったいにしない。未来のわたしは現在のわたしみたいな女子中学生なんて眼中にないだろう。ただただまっすぐまえだけを見て、そして振りかえったりよそ見したりもせずに、そのときおもうおしゃれを、わたしはわたしのためだけにしたいとおもうのです。それが唯一の将来の夢。達成するにはそれなりの覚悟と犠牲が伴うこともわかっている。

§

産毛にとって大切なことはまずは保湿。徹底した保湿が大切です。わかっているとはおもいますが、こすりつけたりそういうのはダメですよ。ゆっくり、そう。こういう風に、そう。浸透させていくイメージで。手のひらから伝わる体温をかんじて。もったいないとおもってはいけませんよ、たっぷり。そう、たっぷり。とにかくたっぷり手にとって、お肌に押しあてていくように。やさしくですよ、やさしく。そう、まるでどこか広大な大地だとおもってみてください。かつてこの土地は、はげしい活火山の影響により、火山灰が降りしきり、地下の水脈は枯れきっていました、想像してみてください。しかし何万年、何億年もかけて、かつてマグマだったうねりは岩盤となり、やはりこんな大地にも雨はささやかに降るのでした。そのささやかな積み重ねによって、ほそい河川はやがてまた巨大に、もしくはすべての枯野に行き届くようにはびこり、豊かに大地を潤《うるお》しました。えっと、もちろんいまわたしがアドリブでつくったつくりばなしですが、わかりますか。果たして、これはつくりばなしなのでしょうか、こんなかんじのこと、この世界のどこかでは起こっていそうだし、というよりもわたしは大地のはなしをしたいのではありません、ありませんよね。そうです、お肌のはなし。産毛にとって、まずは水分なのです。そしてその水分がすぐに蒸発してしまうようなことがないように、わたしたちはこの保湿クリームのなかになにをいれたかというと、おわかりですね。爬虫《はちゅう》類《るい》のぬめり、なのですよ。爬虫類は、ひとびとに煙たがられたり、かならずしもここまでよいだけの歴史を歩んできたわけではございません。しかし一方で、ある地域ではなにかを予言しひとびとに告げる役割りを担ってきました。えっと、なにが言いたいかというと、この保湿クリームに爬虫類のぬめり成分を配合したのは、ただ保湿できる性能をあげるためだけではないということです。産毛の訪れを告げてくれる、というかんじでしょうか。このクリームをつかったならば、あなたの背中はまるで変容します。季節が変わって草花が大地に生い茂る、そう。まるで春のように、産毛がびっしり生え変わります。まるで赤子のような、たったいまはじめて生えてきたような透明な産毛ですよ。脱毛の時代は終わりました。脱毛したところで、なにになるのでしょう。これからは産毛。産毛こそがお肌に潤いを取り戻し、余分な毒素を外へ出してくれる循環を生んでくれるのです。どうでしょうか、気持ちいいでしょう。生えてきますよ、産毛。わたしもわたしのことのように、わくわくしてきました。

「えっと、その爬虫類というのは、どの爬虫類ですか」

「蛙《かえる》です」

「ああ、蛙なんだ」
「そうです、蛙です」

§

エステティシャンのシベリアンハスキー、小松《こまつ》さんはとにかく凄腕《すごうで》。その自慢の肉球で、いままで一万人の背中にたいして施術をほどこしてきたらしく、わたしもやっとそのなかのひとりになれたのだった。さいきんすこし、おそらく小松さんと仲がよいのであろう製薬会社から出た保湿クリームを、小松さんは施術中に推《お》しすぎてしまっているらしくて（それはわたしもすこしかんじた）、それが鬱陶《うっとう》しいとネットで炎上したりもしていたけれども、そんな保湿クリームがなくたって小松さんの腕はたしかなのだ。小松さんの施術にかかれば、どんな年齢のだれの背中だって、あたらしい産毛が生えわたる。それがいま流行《はや》りの産毛マッサージ。わたしの背中もこれで生え替わるにちがいない。原宿のまんなかにある小松さんのお店はつねに長蛇の列。小松さんの施術を受けるには、そこへ行って並ぶしかない。予約は受け付けていない。わたしも今朝、5時から並んでやっと受けることができたのだった。
お店を出たあと、わたしは竹下通《たけしたどお》りを歩いて、駅へ向かった。小松さんの肉球の感触がまだ背中にのこっていて、あたたかい。天気もいいし、とてもしあわせ。もうお昼だというのに、竹下通りにはひとがいない。もうお昼だというのに、という感覚もわたしたちの世代がおもうことなだけであって、わたしよりももっと若い世代はもうわからないことかもしれない。かつて竹下通りは、あんなにも混んでいた。あのころは外国のひとたちもこの通りに来てはにぎわっていたし、スニーカーを売っているひとたちも外国のひとだったとおもう。わたしも、あのころの竹下通りにはちいさいころにおねえちゃんに手をひかれてきたくらいなもので、詳しくもないし記憶としてもはっきりしていないのだけれど。

ひとりのおばあさんとすれ違ったくらいで、わたしはそのまま竹下通りを抜けた。白髪のおばあさん。どことなく小松さんの毛色に似ていた。それにしても小松さん、かっこよかった。なによりもあの透きとおった、すこし青みがかったうすい灰色の眼だ。あの、まなざし。どこを見ているのか、一瞬わからなくなるような、あの、まなざし。わたしの背中に魔法をかけてくれたとおもうのだ。それくらい、いまわたしの背中はあたたかいどころか、すこし熱を帯びているくらい。あしたの朝には、産毛が生えてくるらしいし。

§

「まなざし」

「ん、まなざし?」

「そのまなざしで、仕事しているんですね」

「あ、変でした?」

「や、そういうわけではなくて」

「え」

「や、いいなあ、とおもって」

「そうですかね、しかしこれが仕事なので」


ぼくは、都内にある養鶏場《ようけいじょう》へ取材に来ていた。この養鶏場を営んでいるのは佐倉《さくら》さんというぼくとおそらく年のちかい女性である。自宅を改造してつくられた手づくりの養鶏場。早朝にお邪魔して、雛《ひな》が孵《かえ》るところを取材させてもらっていた。佐倉さんはどうしてしかも東京でこんなことをしているのだろう。興味があった。


「それでぼくのところは、ウェブサイトで記事をあげていくタイプの媒体なので」

「ああ、はい」

「紙媒体ではないんですね」

「ああ、そうなんですよね、そう聞いています」

「だから、手もとにのこるものではないのですが、そのぶん文字制限もないので」

「ああ」

「たっぷりお話が聞けるという」

「なるほど」

「それにあの、来るたんびに発見がありそうなので」

「そうですか?」

「何回かに分けて、掲載していくというか」

「あ、いいんですか?」

「ちょっと連載というか、そういう雰囲気で」

「ありがとうございます」

「や、こういうの嫌がる、たとえば農家さんとかもいますし」

「ああ、でしょうね」

「ぼくとしては佐倉さんにご協力いただけて、もうほんとうに」

「わたしとしても、あれなんですよ」

「はい」

「わたしのこういう活動、ひろまってくれたらとおもいますし」

「そうですか」

「やっぱり日本がね、外国からのあらゆることを受け入れなくなったでしょう」

「はい、まさにそこですよね」

「だから都会とはいえ、自給自足していかなくてはいけない時代にますます突入していくとおもうんですよね。そんななかで、こういうこともできるよ、みたいな。そういうことを、わたしみたいなこんなかんじで伝えることができたら、って恥ずかしいんですけど、おもうんですよね」

「とてもよいとおもいます」

「えっと」

「ああ、かえるです。下の名前なんですけど、そう呼んでください」

「かえるさん」

「はい、かえるです」

「わたしたちたぶん年もそんなに変わらないですよね」

「だとおもいますけど」

「わたしたちのなかには、こんな時代に生きていて、とか。こんな日本で、とか。そんな風に言うひともすくなくないじゃないですか」

「はあ」

「でもわたしはね、こんな時代だからこそ、こんな日本だからこそ、とかんがえたかったりもするんですよ」

「そうなんですね」

「あんまりネガティブにならずにね。ひとはなにがあっても、生きる道を見つけるんだと、わたしはおもうんですよね」


ぼくはまるっきりそうはおもえないのだけれど。ネガティブにならずに生きる道を見つける、ってどうやって？　まあ、佐倉さんはそうなんだろうな、ともおもった。佐倉さんが取り組んでいること、それ自体には興味はあった。けれども佐倉さんとぼくはおそらく、というかぜったいに意見がちがう。佐倉さんとは、いちど事前に打ち合わせをさせてもらったのがはじめてで、そのときからこういう、いかにも前向きな、そして時代だの日本だの、そういう発言があったので、根本的にはそこに関してのスタンスのようなものについてはぼくとは合う部分はないのだろうな、とさいしょからおもっていた。ぼくはこんな時代に、こんな日本で生きていることがただただしんどいので、そうはかんがえられない。というか、さっきのまなざしだってそうだ。あんなまなざしで雛が孵るのを見つめることなんて、ぼくにはできないし、正直くだらないともおもう。けれどもどうしてあんなまなざしができるのか。ふだんだったら、これが仕事だとはいえ、合わないとかんじたひととは合わない、ということで打ち合わせをしてみてダメそうなら取材に来ないところなのだけれど。けれどもどうしてか、佐倉さんを取材しているのは、それはたぶん佐倉さんのどこかに、なにかに惹《ひ》かれているから、なのだということははっきりしていた。ぼくは佐倉さんがしていること、話していることがさっぱりわからない。わからないし、合わない。ぼくのかんがえ方と、反している部分もめちゃくちゃ多そう。でも、惹かれているのはたしかだとおもうのはどうしてだろうとかんがえるに、ぼくは佐倉さんとセックスがしたいのだとおもう。一目見たときから、そうしたいとおもったのだ。ひらめきにちかいくらい、そうおもった。容姿がどうとかそういうのではない、特にそういう限定的な理由でセックスをしたいとおもうというのは愚かしいとおもうし、やはりそうではない。しかし、佐倉さんのすべてがなぜだかそうさせるのだ。声やにおい、日に焼けた肌と、華奢《きやしや》な肩が絶妙で、佐倉さんとのセックスはおそらくこのうえもないとおもう。ほんとうにそうおもう。そんな動機で、しかも取材をするという理由で、ぼくとしてはセックスがしたい一心で、きょうも早起きをしてここへやってきた。ぼくがおもっていることはきっと、佐倉さんもおもっているとおもう。そうおもう。いくら思想がちがったって、おそらくその問題とはべつのところで、ぼくたちはつながることができる。

「ん、なにかんがえていますか、いま」

「え、あ、ごめんなさい」

「あ、いやいや。いろいろたいへんなんですね、忙しそうですし」

「いやいや、じゃあきょうはこのへんで」

「そうですね、またじゃあいらっしゃいますか?」

「はい、またスケジュールを見て、連絡します」


佐倉さんの養鶏場をあとにするときに、頭をよぎってかんがえてしまったのは、恋人のせせらぎのことだった。せせらぎとは付き合って三年になる。彼女が大学生で、ぼくが25のころに出会った。こうして佐倉さんとセックスがしたい、というか遅かれ早かれ佐倉さんとぼくはするだろう。そうおもい、惹かれてしまっている事実は、せせらぎには悪いとおもっている。悪いとおもわなくてはいけない、というのが正しいかもしれない。けれどもこれはどうしようもないことなのだ、とも同時におもう。せせらぎはおそらくぼくと結婚したがっている。せせらぎはぼくと過ごす時間が好きそうだし、たぶんこのままのノリで結婚したがっている。そのムードがさいきんどんどん深まってしまっているようにおもう。それがぼくとしてはすこしこわい、とおもってしまっているのもある。たしかにぼくとせせらぎは気が合う。映画のはなしも音楽のはなしもなにもかも驚くほどにはなしが合うし。その点、ぼくらはよい恋愛をしているのだとおもう。しかしこれは恋愛にすぎないともおもうのだ。恋愛以外のなにものでもない。恋愛じゃなければとっくに終わっている関係でもあるとおもう。気の合うひと、話が合うひとなんて、探せばいくらだっているじゃないか。けれどもぼくらはその関係のことを恋愛と呼ぶことにした。それは偶然でしかない、そうしたほうがいいとすこしおもったからそうしただけで、そうしなくても成立してしまう関係でもあった。

せせらぎとのさいしょのセックスのときだった。せせらぎはぼくに、うしろからいれてほしいという風にしていたとおもったから、ぼくはせせらぎのうしろからいれようとした、そのときだった。

「産毛」

「産毛？」

「ううん」

反り返るせせらぎの背中には透明な産毛が、いままさに生まれてきたような生まれたての純粋さを持って生えわたっていた。ぼくはその産毛をみた瞬間、やはりとても感動したし、涙が溢《あふ》れそうなくらいだった。ほとんど泣きながら、はじめてのセックスをしたのを憶えている。しかし奇妙におもったのは、背中以外のどこの部分も完ぺきに脱毛されてあった、ということだった。背中だけに、産毛は生えていた。それが不思議だった。そして不思議だな、とおもったのとほとんどおんなじタイミングで、そうかこれは偶然生まれてしまった恋愛にすぎないのだとわかってしまったかんじがあったのだ。つまり、せせらぎはぼくに対してそういう風におもってくれている。脱毛をしようとしたのも、やがて訪れてしまうセックスをする時間に備えて、だったのかもしれない。ぼくらはセックスなんてしなくてもたのしかったはずじゃないか。セックスをする、という奇妙な行為は、いつもまたたくような発見に満ちている。けれどもそれに伴ってお互いの、不完全である部分も見えてくる。そしてその不完全である部分というのは、すべてが愛おしい。完ぺきなくらい、愛おしい。完全だなんてあり得ないことを現実感とともに教えてくれる。だれしもが、どこか不完全で、けれどもその不完全さというのはなんて人間らしいのだろう、ということ。なにかがなにかのタイミングでほころんでできてしまった不完全さ。口のなかの音、その奥から漂うにおい。鼻毛に空気がすれる音。耳の穴の無意識。セックスをするとそういう不完全さが見えてしまう。せせらぎにとっての不完全さは、背中の産毛。だったのかもしれない。それはそれはうつくしかった。自然がつくりだした産物のようにぼくはおもえた。しかしそれを見つめておもうのは、もうこれは恋愛以上のなにかには昇華できないかもしれない、というかなしみだった。この時間でぼくらは止まってしまっていい。だから、せせらぎとはさいしょからそこまでであるとわかっていながら、いまもまだずるずると付き合ってしまっているのだ。それはたいへん申し訳ないことでもある。愛おしい、だけでひとはひとと恋愛をしていていいのだろうか。しかも愛おしい以外はなにもわかっていないのに。つまりだ。産毛にとって、ぼくはせせらぎのもとを離れるべきだとおもっている。あの産毛にとって、ぼくは現実的すぎるような気がする。あの産毛のうえを歩くのはぼくではないようなのだ。
佐倉さんの養鶏場を背に、砂利《じゃり》道《みち》を歩いていた。ぼくはせせらぎと付き合ってからは、いちども浮気をしたことがなかった。でももうたぶんこれは佐倉さんとはするだろう。浮気もそうだけど、セックスもするだろう。遅かれ早かれ。そんな気がするのだ。ぼくがおもっていることは、相手もそうおもっている。ぼくにはそういうちからがあるような気がしている。予言とはすこしちがうのだけれど。シンパシーのレベルで、この先どうなるか、知ってしまうようなちからが。佐倉さんとは恋愛にも発展はしないとおもうのだけれど、そういう予感がする。春ということもあるのかもしれない、町じゅうがなんだか騒がしい、苦手なにおいがする春。

§

――開演。

――ふたり、どうやら女子中学生が陽だまりの縁側にすわって、まどろんでいる。

――穏やかな時間。どこかでネコが鳴いている。

A「あしたのことってかんがえた?」

B「ううん、こないだメールしたままだよ」

A「まあ、そうだよね」

B「でもなんとなくだけど、あしたただとおもうんだ」

――しばらく、間。

B「そうおもわない?」

A「うん、そうだとおもうよ」

B「ね」

A「あしたただとおもう」

B「なんか準備しておくことってある?」

A「ないよ、ないでしょ」
B「そっか」
A「これでよかったとおもうよ」
B「うん、そうおもう」
A「いくらなんでも長すぎるよ」
B「うん」
A「このまま生きていくのは」
B「だね」

——バックライトに照らされて、ふたりの顔が見えなくなる。
——そして、暗転。

§

パンッ

音がして、振りかえると佐倉さんが、だいたいぼくから20メートル離れたくらいのところに立っていた。猟銃《りょうじゅう》のようなものを持って。先端からは白い煙が立っている。佐倉さんは無表情だ。そんなに無表情なのって逆にむつかしいとおもうのだけれど。つぎに火薬のにおいがした。高校生のころに年上の女性といっしょに、ふたりっきりで、しかも彼女の家の庭で線香花火をしたのをすこし思い出した。彼女は浴衣《ゆかた》姿だった。さいしょからさいごまで、ちいさな火の玉を見つめていたあのまなざし。ああ、そうか。あのまなざしか。佐倉さんが雛を見つめるまなざし。佐倉さんの背後ではにわとりたちがけたたましく鳴き騒いでいる。飛べない鳥たちだ。佐倉さんが大切に育てているのは。飛べない鳥を、しかもこんな都会の片隅で、彼女は育てている。

気づけばぼくは、地面に膝《ひざ》をついていた。どうしてか、立っていられなくなった。左手は自然と左の脇腹《わきばら》をおさえていた。そしてそこに目をやると、とめどなく血が流れていて止まりそうにないのはすぐにわかった。不思議と痛みはない。しかしもう気絶しそう、というか視界がもうほとんど塞がりそうで、そして視界がぷつりと消えてしまったとき、ぼくはもう二度と目覚めないだろうと悟った。砂利道にうずくまるぼくの横に、鼻息荒いなにかがいることに気がついた。おそらくさいごのちからを振り絞るというのはこういうことだろうな、というまさにさいごのちからを振り絞って、そのなにかに目をやると、それはシベリアンハスキーだった。シベリアンハスキーは、ぼくの頬を舐《な》めていた。そして、まるで人間みたいな表情をつくって、笑った。

「かえるだね」
「え」
「あなたの脂《あぶら》で、たくさんのひとが救われるよ」
「ん」
「これからあなたを基に研究ができる」
「は」
「そして役に立てるんだ、すべてが変わるよ」

シベリアンハスキーはなんと喋ることができて、そうぼくに語りかけたのだけれど。けれどもしばらくかんがえてもダメだった。意味がわからない。ぼくの、脂？

「そう、あなたの脂は、産毛にとって――」

死んだ。ぼくはここまで聞くと、おもっていたとおりもう二度と目を開けることなく、死んだのだった。

§

「まぼろし」

夕まぐれ。わたしはこの嘘みたいな光景を見つめながら、つぶやいた。今朝見たニュースで印象的だったのは、原宿駅の竹下口で、翼の生えた女性がそのまま羽ばたいていった、というものだった。そんなことあるのかとおもって、まだ夢のなかなのかな、とかおもっていたのだけれど。あのニュースは、ほんとうだったようだ。

　ニュースを見てからわたしはつまり夕方まで眠ってしまっていた。なんとなくいつも行っているスーパーマーケットじゃないスーパーマーケットへ行ってみようと、眠いし怠《だる》いのだけれど思い立って外へ出た。すこしいいものが売っているところへ行ってみよう、そしていつも食べているものとはちがうものをつくって食べてみようとおもったのは春だからってだけじゃない。二駅行ったところにあるさいきんできた無農薬野菜とかそういうのが売っているスーパーマーケットへ足を運んでみよう。帰りには本屋に寄ってみてもいいかもしれない。そんなことをかんがえながら、最寄りの駅へ辿《たど》りつく。しばらくしてプラットホームへ電車が辿りついたとき、ものすごい角度でオレンジ色のひかりがわたしの目に飛び込んできて、扉が開く。見るからに女子中学生くらいの年齢のふたりが降りてくる。はじめ、ふたりはもちろん歩いているとおもっていた。けれどもちがったのだった。神秘的なくらい不思議な光景。えっと、嘘《うそ》みたい。

「まぼろし」

とわたしはつぶやいた。彼女たちは、笑いながら。しかも地面から足を離して、浮かんでいた。背中からおおきく生えている透明な翼。音もなく羽ばたいていた。わたしはそれを見つめながら自然と涙を流していた。数週間前に突然わたしのまえから消えてしまった、かえるくん。かえるくんがもう帰ってこないのはもうわかっている。そんな気がすることは、ほんとうにそうなるのだ。ここまで生きてきて、それだけは確信を持って言える。予感は現実になる。こうして彼女たちが嘘みたいに羽ばたけたように、想像したことは現実になる。そうおもうのだ。だからもうかえるくんは帰ってこない。かえるくんのことすべてわかっていたとおもっていたけれど、それはちがった。抱いていたおもいみたいなものが、届かないことだってあることを知った。春だった。まぎれもなく、春だった。いろんなことが終わって、いろんなことがまたはじまった。わたしの背中の産毛は羽ばたくのだろうか。そんなことを期待せずにはいられなかった。

それとわたしはどうやら妊娠をしている。それも事実であり、現実なのだ。冬の入り口に出会うことになるであろう、産毛。産毛にとっていいものを食べよう。あと、なにをしようか。ヨガとかかな。

§

たんぽぽはすこし羽ばたいたあとに着陸して、そのままいつもとおなじように歩けるかどうか確かめたあとに、帰路を急いだ。はやく帰りたいと、きょうほどおもったことはない。しばらくほとんど駆け足で歩いていると、首輪のついていないシベリアンハスキーがすこし先の交差点を横切ったのが見えた。なんだあれ。もうこの世界ではなにが起こったっていいような気がした。たんぽぽは14歳だった。なんだってできる。手はじめに、きょうはラジオドラマへ向けて戯曲というものをはじめて書いてみようとおもった。だからはやく帰りたい。嘘でもなんでもいい、わたしがつくる世界を、わたしがかんがえた言葉の配置によって、描いてみたいとほんとうにそうおもったのだった。翼なら背中に生えている。嫌になったらやめてもいい。ここは東京のまんなか。たんぽぽは、もうなんにもこわくないことに気がついて、声にならない声で、笑ってしまった。

初出

「コアラの袋詰め」……「文藝」二〇一四年秋季号
「夏毛におおわれた」……「文藝」二〇一八年秋季号
「綿毛のような」……「文藝」二〇一八年冬季号
「冬毛にうずめる」……「文藝」二〇一九年春季号
「産毛にとって」……「文藝」二〇一九年夏季号

藤田貴大 ふじた・たかひろ

1985年生まれ。北海道伊達市出身。2007年、演劇ユニット「マームとジプシー」を旗揚げ。以降全作品の作・演出を担当。作品を象徴するシーンを幾度も繰り返す“リフレイン”の手法で注目を集める。11年6～8月にかけて発表した三連作「かえりの合図、まってた食卓、そこ、きっと、しおふる世界。」で第56回岸田國士戯曲賞受賞。13年、15年に太平洋戦争末期の沖縄戦に動員された少女たちに着想を得て創作された今日マチ子の漫画『cocoon』を舞台化。同作で16年、第23回読売演劇大賞優秀演出家賞受賞。著書に『おんなのこはもりのなか』、『Kと真夜中のほとりで』、『mina-mo-no-gram』（今日マチ子との共著）、『蜷川幸雄と「蜷の綿」』（蜷川幸雄との共著）他。本書が初の小説集となる。

季節を告げる毳《けば》毳《けば》は
夜が知った毛《も》毛《け》毛《も》毛《け》

2020年7月20日　初版印刷
2020年7月30日　初版発行

著　者　　藤田貴大
発行者　　小野寺優
発行所　　株式会社河出書房新社
〒151-0051
東京都渋谷区千駄ヶ谷2-32-2
電話 03-3404-1201（営業）
03-3404-8611（編集）
http://www.kawade.co.jp/
組　版　　KAWADE DTP WORKS
印　刷　　株式会社亨有堂印刷所
製　本　　加藤製本株式会社

Printed in Japan
ISBN978-4-309-02904-7